爱你，
是我的信仰

一个荒唐老爸写给女儿的忏悔书

奶爸卡卡 ◎ 著

新星出版社 NEW STAR PRESS

推荐序一：
我的心被牵动　我的情绪在波动
by　林惠瑛

　　市面上的好书很多，但这本好书不一样，看起来像是单向的亲子关系书籍，其实是作者回顾四十多年人生的自传，有创意且搞笑。光看笔名"奶爸卡卡"就可顾名思义，为人父亲对女儿无私的爱及殷切的期望，是为"奶爸"。而"卡卡"则是指作者自小到大的各种人生关卡，包括生活上的肉体上的，精神上的情绪上的以及道德上的，他是如何卡在其中及走过关卡，并且各种关卡对他后来的影响，有笑有泪。一个平凡的父亲因为对女儿的爱而愿意去回顾此生，重新审视自己的人生哲学及情感观、价值观，了解到亲情是最真实的，想要花时间多陪女儿，期望女儿能够有美好的一生。

　　"奶爸卡卡"这四个字点出本书的主旨，吸引读者阅读，我就是在此种情形下翻阅书稿，被作者大胆，坦白，讽刺却极富幽默的笔调所吸引，明明是很写实的小故事情节，他却可以妙笔生花，令人喷饭。社会上光怪陆离的现象，古今中外的历史事件及时代新闻，透过他对女儿苦口婆心的言谈，嘻笑怒骂地表达出来，让读者感到听他述说是在与作者神交。奶爸卡卡就有这种笔功，天马行空地臭盖却是言之有物，串联有系统，而戏剧化夸张的插曲则是道尽人性看穿你我，发人深省。

　　读这本书，我的心被牵动，我的情绪在波动。

　　一个自称凡夫俗子的中年白领阶级男性，天生叛逆，年轻时无法安于体制，恣意孤行，在成长过程中受了不少苦，学业历程走了不少冤枉路，但他的桀傲不驯及择善固执也磨炼出他的坚韧不拔及耐操特性，让他看透了人间是非善恶。狂放不羁，嫉恶如仇的个性如旧，如今却懂得以更成熟的态度来包容与接纳社会上的好与坏，怀抱理想，给予有建设性的批评，并以正向看待人生，对女儿珍爱泉涌，对台湾社会则是充满大爱。

　　奶爸卡卡是个广为阅读博学之士，除中英法文及台语俱佳外，书中引经据典，举凡历史背景，政治黑暗，经济转变，文化差异，社会心理学，均能娓娓道来，尤其精通心理学，精神分析学派的影子无处不见，如金赛博士的两性性导向游走坐标，弗洛伊德的性心理发展期，潜意识，自由联想，移情作用及各种心理自我防卫之应用，非常贴切。作者自己也说撰写这本书是自我疗愈的历程，他把要说的话向女儿一吐为快，说完了整个人也就脱胎换骨成为一个温馨柔软的奶爸与新好男人，这也是他人生的新目标。

　　放眼本书书目，就知道，奶爸卡卡的牢骚很多，顾虑不少，对女儿成长的担心更多，因此书中的议题繁不及备载，每一个议题在他口中笔下都变得非常生动有趣，谩骂中有血泪，批评中有温情。谈到对女儿的期望，则是亲爱中带着严肃的口吻，再三叮嘱她以后要勇敢做自己，做事不昧良心，不可崇洋媚外，做女人不亢不卑，说话要有艺术，凡事乐观幽默以待，不要对社会抱以极端的批判态度等，但盼着女儿终其一生身心健康，并幼吾幼以及人之幼，奉劝所有读者父母也一起来用心疼爱并教养女儿，字里行间流露出深层父爱及高尚情操。

除温馨感人的父爱之外，作者对于性爱的描述，乍读之下充满原欲，低俗麻辣，实则蕴藏哲理与真相。年少时身体受的凌辱与委屈，长大后生理野性的呼唤及自慰需求，外遇的经验或性幻想，夫妻之间的床笫互动等，每个男人的身动与心声被他刻画得淋漓尽致，他是言众人之不敢言，说男人之无胆说。虚虚实实的情节经验则在暗示男性贪欲会惹来灾祸，理性可以帮助刹车。唯有互相尊重关心，有性有爱的关系才是真爱。

本书作者以反讽的口吻一再地提到爱台湾，这个来自彰化乡下的男性本性善良淳朴，他爱他的父母，家人，他怀念故乡的生活，也热爱自己的故土，他说更爱台湾不能沦为口号，而是生活在台湾这块土地的人们不分族群、宗教、职业，没有歧视，能够共融接纳，一起来建设台湾，享受台湾，这才是真正地爱台湾。

本书是一本作者自传及父对女亲子之爱的好书。它挑战读者的 IQ 与 EQ，却也提供娱乐与安慰，让我们人手一本，在忙碌的生活中来点辛辣刺激又带温馨的阅读，提升智慧，增添生活情趣吧！

       本文作者系东吴大学心理系兼任副教授
        台湾婚姻与家庭辅导学会理事长
          资深婚姻咨询师

推荐序二：
奶爸的口白人生

by 吕政达

"忏悔录"是西方文学和传记的一个重要潮流，一般会说起自奥古斯丁、歌德、托尔斯泰等大家，在当时具有告白意味，在死前向神告解请求宽恕是基督教徒的诉求。最早的"忏悔录"当然也显示出此番意义。

法国哲学家卢梭的忏悔录，后来却成为所有忏悔录的代表作。这本诚实到曾被视为异端的著作，却是一本最坦白直率的作品，然而却还是带着浓厚的为自己辩解的意味。当时，卢梭写了一本主张女孩应接受教育的《爱弥儿》，成为解放教育学，并将教育从神权解放出来的革命性著作。然而却有人攻击卢梭，说他现实生活里生了孩子却未尽父职，卢梭决定写忏悔录，把自己的一生在上帝面前赤裸还原，摊开一切，请上帝（当然其实是针对读者）定夺，他是个尽责的人，认真的父亲吗？

台湾的文学和自传体书写，其实并无忏悔录体，少数如邱妙津的《蒙马特遗书》，却比较被当成"阴性书写"。在自传体的出版品里，多半拥有"文宣"的性质，交待的是"我应该让读者以为我是个什么样的人？我应该是个什么样的人？"离"我到底是个什么样的人？"却还有段距离，这种书写，其实正是心理学家所说的"新闻稿人生"（press release）。

"新闻稿"常常就是"最冠冕堂皇的理由"或是"媒体最常表扬的模范"。关于亲子教养，我们常读到父母为孩子做出牺牲，孩子最后出人头地的模范故事，也常用这类"新闻稿"说自家的故事。有些爸妈说："我真的，真的就是这样相信，这样相信有错吗？"然而，当我们再继续问，这种期待是从哪里来的时，答案多半也不脱离新闻、团体和社会潮流。

在"新闻稿亲子故事"里，常掩盖住父母比较个人，却也比较真实的动机和心情。我自己从事亲子教养的采访，撰稿，发现如果是公众人物，或是刚认识的人，从他们口中讲出来的，往往都是"新闻稿"。有次我采访一位公众人物，听他大谈经营幸福家庭之道，几个礼拜后，却传出他们夫妻分手的消息。如果亲子一直活在"新闻稿"的美好励志里，当然会觉得很累；其实，我们跟自己跟别人讲亲子故事时，"新闻稿"总是会跳出来。也许，奶爸卡卡不是公众人物，反而写成结合忏悔录和新闻稿的坦白文种。

我读这本书，心里浮起的感受就是它是"忏悔录"和"新闻稿人生"的综合体。只是在诚实直率的忏悔录体里，作者让读者看到了他是个什么样的人，而他又不自觉地以一种新闻稿体的书写，解释自己为什么会发展成这个样子，借着与女儿的对话,要告诉女儿将来要成为(或避免成为)什么样的人。

"新闻稿"对人生的影响无所不在,在教养的领域里,父母用当时的观念和流行的价值观来教养我们,我们则用现在的观念和价值观来教养下一代。当我们思索自己的亲子教养观时,报纸上的那一套,自然而然地就变成我们说故事的模板。而作者所遵循的"新闻稿",则是试图要崩解那些体制,里面有他的经验谈,然而,那其实还是睥睨"新闻稿"。读这本书,可以想象作者的人生有口白、旁白和各种广播剧的效果,当然,这可能是作者身为广播人,长期浸润广播而不自觉发展出来的一种书写。

"新闻稿人生"当然有它可读之处,就像一套优良的剧本,也可以一演再演,每名观众都可看出他们的心得。一九四五年美国人类学家克鲁克洪做纳娃候(Navaho)族的田野调查时,有位原住民讲的,根本就是其他人类学家写过的田野志,他再用来解释自己的行动和感受。心理学家杰奎琳.魏斯麦(Jacquelyn Wiersma)访问过一些重回职场的家庭主妇,后来也恍然悟到,"这些妇女提供给我的,似乎也是别人对她们行动和感受的诠释版本"。

这种"新闻稿人生故事"反映的虽不一定是事实,多半却具有深奥的意义。魏斯麦后来继续针对这几位职业女性做深度访谈,发现在扭曲的故事和自我里,其实都可找到真正的原因。有人是为了逃避幼时感受到的女性歧视,有人则为了证明自己的能力,将"新闻稿人生"解码后,将会找到更真实的自我。

魏斯麦曾经解释，我们会用"新闻稿"解释自己的故事，是因为我们不知道怎样讲自己，也不知道如何定位，所以必须靠着一个比自身更庞大（larger than life）的故事架构来说自己。这种情况，就和面对外来人类学家的印第安人一样，当人类学家问"你如何讲自己族人的故事？你有什么感受？"时，一辈子从未想过类似问题的印第安人，不得不讲出其他人类学家做过的田野志。

如果，你和自己说的，你听到别人说的亲子故事感觉也像是一篇"新闻稿"时，没关系，那常常是认识自己和孩子的第一步。这本书可贵之处倒在于它接近自虐和自我揭露的"自传体"，如我们一再窥见一名奶爸与中年男人身上的口白。

无论如何，我再次想起卢梭，无论奶爸卡卡如何自觉卡着，他证明了自己是个尽责的人，是个认真的父亲。

本文作者系知名亲职专栏作家暨心理学家

推荐语：
世界上最坦白的老爸

这本书让我忍不住一口气看完。除了文字有趣之外，更让我看见一个父亲对女儿浓浓的关心，以及学运世代对于社会各个面向的关怀。而在诙谐幽默的文字背后，还隐藏着对于社会现象的嘲讽，真是让人大呼过瘾呢！

——文山社大讲师"台湾查某"创立人洪俪倩

奶爸卡卡以诙谐的笔法，道出众多中年男人不上不下的无奈处境，同时也看到一位奶爸对未来女儿在现今社会乱象中，如何自处的关心和破解招式的传授，在理财、励志及艺人书流行的当下，奶爸卡卡的心情一定让你觉得心有戚戚。这类非主流不造神的写作，也许才真的是中产阶层的知音。祝新书大卖！

——万宝周刊副总编辑 万宝季刊总编辑许启智

不把仁义道德挂嘴边，不拿三从四德当教条，作者肯定是天下所有女儿梦寐以求的完美级老爸。但，请说到做到，一切有书为证。

——"米灵岸 Miling'an 音乐剧场"
制作策划资深文创人马幼娟

拜读这本爱女大作才相信，原来这么爱搞怪的男人，会有一颗这么爱护女儿的心思，又有如此奇才文笔，能将诸多心中的理想与对社会的种种不平与见解大大释放出来的勇气。相信这绝对不输罗杰斯写给女儿的十二封信，也是留给小虹最棒的人生礼物！

——财经传讯总编辑林翠樱

奶爸卡卡身高不到六尺四，却才高八斗；顶上头发虽不多，头壳下的学问多到吓死人；前半生追求柏拉图式的性与爱，后半生彻底顿悟最爱的还是太太与女儿。

这一次，奶爸卡卡不顾形象，写下这本颠覆传统的巨作，熟男必看，想成为熟男更是非看不可。

——与奶爸卡卡共同度过 1305 天的患难兄弟陈巨志
（TVBS 节目企划）热情推荐

作家之于书写，某些在于有过一个孤寂不愉快的童年，希望奶爸卡卡写完此书能将五岁的橡皮筋事件忘怀。这是一本父亲写给女儿从出生前到十八岁的人生叮咛，笑中带泪宛如八点档又带有十分的真实性，初看时脸红心跳，认清男性本色，所有女生不可不看！

——联合文学营销企划主任刘秀珍

唯有深刻的经历与省思，才能如此彻底的戏谑自嘲。和孩子当朋友的父亲，宽容地给孩子自由与犯错的权利，减轻了多少压力，拉进了多少距离。不由分说，这是真正的爱。

——伊甸基金会公益行动中心组长程敏淑

"真是服了他"，看到奶爸卡卡的书，心里只有这句话！卡到阴，卡到鸟，卡到脚……，奶爸卡卡的人生故事够卡！就因为一路卡到大，让奶爸卡卡"卡"出了丰富的经历，坦白的勇气，宽容的心态，臣服的智慧；所谓"天将降大任于斯人也"，奶爸卡卡的卡卡人生，是老天给他最大的考验，也是最宝贵的礼物。

全世界没有任何一位老爸是这么坦白地跟女儿说实话。奶爸卡卡书中的字句，诚实得叫人捏一把冷汗，简直难以想象这是一封老爸写给女儿的"家书"；但劲爆疯癫的背后，满是对女儿的百般温柔与开明通理，奶爸卡卡对爱女说："这本书是老爸我对你的忏悔录，绝对不会比法国思想家卢梭的《忏悔录》还逊咖（逊咖，意为没技术、没能力、做事很差的人，此处可理解为"差劲"）……我不常说教，我只当你的朋友，一辈子永远的好朋友。"阅读本书的过程，我是又哭又笑，露骨的描述令人拍案叫绝，却又真挚得动人肺腑，读后许久仍余韵绕心。如此奇葩的自白，男人必看，女人更不该错过！让你笑到岔气的育儿书，全球唯独这一本，奶爸卡卡一出手，其他人只有靠边站的份啦！

——《百吻巴黎》作家杨雅晴

男人四十血淋淋的自剖，是撕下伪善面具的独白，也是另类但真诚的家书。

——一位共同度过狂啸青春的同学
前环球唱片海外部经理廖本颜

自序：
如果我不在 WEGO 汽车旅馆，
就在往 WEGO 汽车旅馆的路上！

过去，嘻皮笑脸的我，总喜欢游戏人间，不过，经历了第二个女儿产后七日的轮回业报之后，虽然我知道条条大路通 WEGO，但是歹路不可行。亲爱的好女儿，我现在准备放下屠刀，立地成佛，牵你的手，与你一起走向这条父女修行之路，一路上都陪着你，We go，We go，We go go go！

奶爸卡卡，又名卡卡仁波切，一事无成的中年已婚男，坐飞机只能坐经济舱，没事就跟空中小姐猛搭讪，拼命要啤酒狂灌喝个爽。四十岁之前，人生不断遇到许多关卡，所以朋友帮我取了一个外号叫"卡卡"，有了两个女儿之后，便升级为"奶爸卡卡"，悟道成佛的法号则叫做"卡卡仁波切"。这两个外号都很适合我。

卡卡仁波切这个法名其实是有典故的，绝非对仁波切这个上师之名有所嘲弄或是嘻笑怒骂。在两个女儿接连来到人间投胎与我陪伴之后，原本玩世不恭的我便选择了皈依"父女道"这条人间佛法路，每天与尿布、大便和小孩的哭闹声为伍，女儿就是我的上师，开释我的慧根，走向悟道之途。

我是一位无可救药的乐观主义者，任性而为，常常自high，自认风流潇洒，是一个让老婆随时头痛抓狂永远长不大的小孩。本书出版后，我也已经做好了老婆会提出离婚的心理准备。

有了女儿之后，有一段时间，奶爸卡卡我突然变得好沉重，头发变秃，肚子变大，烟抽很凶，酒喝很猛，家庭的重担与工作压力让我喘不过气来。

为了摆脱颓废，奶爸卡卡我决定振作起来，重新回溯检讨自己的成长过程，以及步入社会后的男人荒唐岁月，坦然面对当了人夫及爸爸之后的内心焦虑与恐慌不安。在这段人间失格的村上春树系疗愈过程中，最后竟然让我又看到躲在我内心深处的那个被压抑的小男孩出现了，那个小时候不管做什么都会"卡卡"的小孩又再度与自己对话了。

老婆在医院分娩完的产后七日，意外促成奶爸卡卡一段勇敢的自我告白，将童年与青春期的伤痛一一摊在阳光下，重新检视与对话。

所以现在的奶爸卡卡不再坚持做一个四十岁的中年严肃男人，对一个成功男人的定义也有了新的定见与看法，选择不活在他人的目光与评价之下，坚持做自己并打造在女儿心目中的品牌：奶爸卡卡！他的人生也正开始准备跨越这些充满名利与欲望的虚幻关卡——每个男人一辈子或多或少都会遭遇到的心理关卡。

从一只狗的死亡事件，一个新生命的奇妙轮回延续，进而解开男人一生中的所有困难课题。看穿了人世间的虚假欲望，打破一切"我执"的迷思，试着从搞笑自嘲的诚实角度，来看清这个你我身边真实的丑陋世界。

这本书写下了父女俩最私密的对话，如梦如幻！亲情很可贵，但是往往在自己还来不及懂得珍惜的时候，最爱的亲人就会突然消失在你我的生命中。奶爸卡卡了解到，其实每个中年男人的心中，都还住着一个拥有最最纯洁童真的小王子，只要有机会，只要你肯学会放下，小王子就会带领我们回到那个长满美丽玫瑰花的小星球。而在那个没有欺骗，没有偷情，没有外遇的小小星球上，男人们每天所需要做的只有一件事，就是不厌其烦地灌溉与呵护这些盛开的玫瑰花。

让我们再当一次小王子吧！天真的小王子可以在任何时候找寻到属于自己的快乐，他不需要名车醇酒美人来提高自己的身价，也不需要透过一次又一次的猎艳外遇出轨来证明自己，名片上的任何头衔对他来说也毫无意义，因为他不想也不愿意跟任何人做比较。很幸运，奶爸卡卡在四十岁那年找到了住在心中已经好久的那位小王子。

接下来，说说我的几件事。不骗大家，我从小就是个问题小孩，"奶爸卡卡"这个外号也是其来有自，太有趣了，这个典故一定要让所有人知道。话说妈妈当年在医院准备把我生出来的时候，因为我的头太大，卡在妈妈的产道很长一段时间才顺利脱困。维基百科也正式将这个故事词条登录上网，这就是所谓"卡到阴"最早的典故起源。

到了五岁,奶爸卡卡第一次穿着牛仔裤去尿尿,尿毕准备拉上拉链却不小心"卡到鸟",紧急送医后顺便又做了包皮切割手术,可说是一石两鸟。十八岁那年,第一次与女友进行性爱初体验,奶爸卡卡在完事之后马上翻身打呼睡觉,不小心把用过的保险套卡在女友体内超过十小时,受到疑似怀孕恐惧及尿道感染威胁的初恋女友也因此分手了。

三十岁的奶爸卡卡成家之后想走健康阳光型男路线,买了一辆顶级公路自行车与朋友准备环岛,却在一次山路下坡转弯的时候因为车速过快,双脚与踏板紧紧接合处的卡踏鞋来不及在意外瞬间"脱卡"跳车,"卡到脚"的奶爸卡卡直接撞到山壁,肩膀两根锁骨全断……

奶爸卡卡的悲剧色彩人生就是一场不断"卡住"的意外,虽然有这么多关卡,有一位算命师傅却说他是"关关难过关关过",吉人自有天相。也难怪,出轨外遇成性的卡卡从来都没惹过麻烦,不过奶爸卡卡的人生却在两个女儿的影响下改变了,人生看似不再有任何难以跨越的关卡,就算真的又遇到了险阻,奶爸卡卡也不怕了,因为女儿们教会了他一种可以通行任何关卡无阻的通关密语,那就是——"爱"!

写在故事之前……一只狗的轮回关卡

在还没有正式说故事之前，我必须跟大家讲一段锥心之痛的经历。

我曾经有三只犬，最老的一只是七岁的狗妈妈，她叫做多多。如果没有多多，我不会跟现在的老婆结婚，因为多多，我组建了家庭，朝九晚五卖力地工作，开始典型台北中产阶级夫妻俩人世界的生活。

另外两只狗女儿米亚和白白，都是多多在一次山林野合的强暴意外中所怀的亲生骨肉。我们"全家人＋狗"很喜欢一起开车出游，上山下海，人狗其乐也融融。基本上，可以这么说，我跟老婆的婚姻之所以能够延续下来不闹婚变，这三只狗扮演着强力黏着的润滑剂角色。养过狗的人都知道，记忆力特别好的狗儿有一种改不了的习惯，每次只要车开到了它们曾经到过的地方，狗儿闻到了窗外熟悉的花草味道之后，便会开始在车内躁动不安，发出咿咿呜呜的兴奋鼻音加上沉重的喘气声。

那一天，我们到了北海岸金宝山的墓园，准备到灵骨塔去祭拜岳母，到了无人的山路转弯处，我把车停在路边，让三只狗下车恣意奔跑一段，心想，坐了那么久的车子，让它们发泄一下精力也好。

三只狗过去总是跟着我的车子左侧，等我下达"go"的指令之后，它们才会起跑。一向小心谨慎的我，一如往常地探出车窗缓缓踩着油门，人狗之间默契十足，从来也没出过意外。

可是那一天，当我一踩油门起步之后，前轮突然间一颠一顿，有东西卡住了！我马上下车查看，发现狗妈妈多多已经躺在我的左前轮下方了。身体不断抽搐剧烈抖动的多多浑身是血，我赶紧抱起多多放到车上，只见它的右边脖子有一道长长的血痕伤口，大口吸气呼气的嘴巴不断吐出鲜血，似乎想要向我交待临终前最后几句话！二十分钟的猛踩油门狂飙，我的双眼紧盯着川流不息的高速公路车阵，迅速地左右移动变换车道，但是，送到医院的时候，全身冰冷僵硬的多多已经断气了。

"投胎来当我女儿吧！"

我紧紧地抱着多多，流下了我这辈子第一次的男儿泪，兽医无言静默地站在一旁。很奇怪，当我说完这句话，多多原本睁得大大的双眼，突然间慢慢闭上了……

目 录

推荐序一　我的心被牵动，我的情绪在波动/林蕙瑛　　　1
推荐序二　奶爸的口白人生/吕政达　　　5
推荐语　　世界上最坦白的老爸　　　9
自序　　　如果我不在WEGO汽车旅馆，
　　　　　就在往WEGO汽车旅馆的路上！　　　13
写在故事之前……一只狗的轮回关卡　　　17

第一篇　奶爸卡卡的童年追忆似水年华

好胆麦走：
　　爸爸，我来找你了！　　　2
深夜在产房的男人课题　　　14
一篇写给女儿长大后看的产房日记　　　19
有了你，我变娘了！　　　26

· 1 ·

第二篇　爸爸爱说教：关于人生的七堂课

第一堂课：体制化	30
第二堂课：如厕训练	35
第三堂课：角色扮演	40
第四堂课：霸凌	44
第五堂课：刻板印象	50
第六堂课：代罪羔羊	56
第七堂课：打破一切阶级与形式主义	61

第三篇　写在深夜产房生下你之后……
奶爸卡卡仁波切如是说

关于奶爸的一段练习曲	70
黑道进行曲之义气是三小	79
大明星追梦曲：	
幼幼点点名症候群	87
小姐，你想当明星和主播吗？	95
勇敢做自己　不要活在别人指指点点的目光下	106
女人不是天生而成　女人是后天形成	113

· 2 ·

第四篇　社会写实之夜市补教人生

男人外遇事件簿：
　　劈腿无罪，偷情有理！　　　　　　　　　　120
一辈子必须小心的三种人：
　　活佛神棍　理财大师　地方人士　　　　　　124
性骚扰、性侵害……以性之名　　　　　　　　　129
赌徒岁月之麻将生涯一场梦　　　　　　　　　　135
大学生跑路了没？恋曲一九九〇，真爱一世情！　139
大学生该做什么　　　　　　　　　　　　　　　147
网络成瘾症之戒断历史回顾　　　　　　　　　　153

第五篇　爱不需要敲锣打鼓

如何看待身体与裸露的艺术：
　　关于奶的故事　　　　　　　　　　　　　　164
如何面对生命与死亡的态度：
　　关于爸爸对你的小小愿望　　　　　　　　　172
说话的艺术：
　　多说好话、少说闲话的人生哲理　　　　　　176
解码的艺术：
　　打破偶像崇拜、八卦新闻解析　　　　　　　182

以爱之名：
  爸爸痛恨法西斯   **189**
活着真好：
  爸爸绝对不会放弃你   **195**
别怕，你不寂寞，爸爸永远与你同在！   **200**

后记：一个失败者的告白   **205**
奶爸卡卡接受专访的精彩对话   **209**

第一篇

奶爸卡卡的童年追忆似水年华

我的好女儿，如果你觉得我很搞笑，那你就笑吧！看到你笑得开心，也就是我人生最快乐的一件事情。搞笑不见得是一件容易的事情，搞笑是一种与生俱来的乐观能量，是一种能在逆境中试着找出微不足道的理由，让自己还能够低调卑微苟延残喘的活下去。所以，活下去，快乐地活下去，就是我对你最大的期许。

好胆麦走：爸爸，我来找你了！

> 今嘛你生出来的身躯拢总是血，
> 但是无屎无尿，好脚好手，
> 亲像恁爸少年时同款古锥！

"你到底要生还是不要生？这已经是我第四次开车载你来医院待产了。你大概是因为便秘才肚子痛吧！叫你平常要养成良好的排便习惯，你就偏偏不听我的话。老母鸡下不了蛋，至少还会拉鸡屎，你现在连鸡屎也拉不出来。"

"你说这种话到底还有没有良心啊！十个月前我叫你一定要戴保险套，不要想做就做，做完倒头就睡，我又不是你泄欲的工具，你根本都不听，三十七岁了还当高龄产妇来医院活受罪。"

如果你真的在医院产房亲眼看过老婆生孩子的血淋淋画面，我想至少在三个月之内，你绝对不会有晨间勃起的阴茎充血问题。我必须承认，我的焦虑来自于即将阳痿三个月的恐惧。各位男人们，活到结了婚老婆准备生小孩的这把年纪，也算是充了半辈子的硬汉，在这段男人不举、房事不行的期间，干脆就冷静下来，套句现代的流行用语，干脆装娘嘛！

所以我倒是建议大家可以趁老婆生孩子的这段时间，好好整理一下心乱如麻的思绪，这辈子将如何面对眼前那个哭闹不停的小生命。毕竟跑到医院门外拼命地抽烟不是办法，重要的是准备该怎么跟你那不停哭闹的亲骨肉开始展开日夜交战。谁说刚出生的小婴孩不会说话呢？前世的冤亲债主找上门来了，该还清的业障总是要还的，小孩算是来度化你的呀！

老婆现在正躺在产房中等那姗姗来迟的接生大夫，趁这点空档，为了缓和我准备当爸爸的紧张情绪，请允许我讲一些无聊的屁话，先向大家介绍一下我的工作，以及我当年身处的社会大环境氛围，是多么的诡异，超写实又后现代。

在爱台湾口号挂帅的那个政治狂热年代，大台北地区六百多万人，地小人稠，产业外移，失业攀升，经济萧条，蓝绿政治壁垒分明。怪不得每个人的精神状态或多或少都有点病，不论是躁郁、忧郁、歇斯底里、被迫害妄想、恋物癖、强迫症……只是病的程度大小不同而已。

但是有病的人绝不轻易承认自己有病，因此为了要说服自己并没有生病，唯一的方法就是想尽办法去证明别人才是有病。好吧，那老爸我到底有没有病？老实承认，我这种病也不是什么会去害别人的病，顶多我跟老虎伍兹一样都有点性爱成瘾的小问题。但是老虎伍兹身价百亿有本钱付，我的银行户头则是固定会在月底归零，工作随时不保且危在旦夕，想要出轨的话，最好皮绷紧点。不是我不行，而是大多数时候都是爱慕虚荣，眼睛长在头顶上的女人不愿意。四十岁的贫穷中年已婚男，最好认命！

该如何毁掉一个男人？关于这点，我非常有心得。尸体加裸体，还是跟拍和监听呢？其实很容易，学学八卦杂志的看图说故事和捕风捉影就够了。千万不要以为这样的衰事轮不到你，一旦事情找上门的时候，就跟女人出门上班，却在等捷运的时候月经突然来潮一样，说来就来，瞬间血流成河，往往卫生棉条还没时间往里塞，一切便让你措手不及。

我过去其中的一个秘密兼差工作，就是跟征信社合作当狗仔去挖别人的粪，报别人的料，只要有照片，加上煽情的文字旁白解说，寄到八卦报社之后，每则报道可让我赚进不少的加油钱和奶粉钱。基本上，我的心态是这样，既然那些有钱的秃头肥肚男，每天在我眼前跟漂亮美眉卿卿我我，搂搂抱抱，好的事情都轮不到我，贫富差距的相对失落感让我心生怨恨，所以我只好用这种方式来端正社会风气了。

我的第二个工作是跟爱台湾有关。在公元两千年初期的爱乡爱土爱查某的本土化氛围当中，虽说的层次有很多种，但是如果想要真正落实到生活中，具体化呈现在一个有血有肉的灵魂深处，那就干脆投身到第一线的行列当中。于是我兴冲冲地去报考当时号称是全岛最爱台湾的一家电台，应征栏聘用的是一名闽南语节目主持人：说台语，咱台湾人出头天啦！

当时我年纪虽然已经三十多，去法国也混过一圈，算是沾过点洋墨水学成的台湾海归。其貌不扬的外在，个儿矮，对外号称一米七，平常出门会穿上加了三层布垫的矮子乐皮鞋，因为高度垫得太厚，影响到正常人体走路功学原理，走路也变得一瘸一晃的，活像是裤裆胯下之间，长了个芒果大小的花柳病瘤一般。

矮子矮，一肚子拐，贼溜溜色迷迷的双眼特大，路上被我斜眼盯上超过三秒的女人，大概跟被色狼剥掉衣服强暴过的失落感觉没两样。但是老天爷疼武大郎，给我一个低沉有磁性的好嗓子，要是闭上眼睛光听我那浑厚的声音叫卖几声"烧饼，热腾腾的烧饼"，不看到本人，十个女人有九个应该都会爱上我，唯一不爱的大概就属潘金莲，她喜欢的应该是会上景阳岗打老虎的猛男吧！

所谓知己长短贵自明，人要懂得适性顺情地发挥所长，天生我材必有用嘛！大学时期我曾在一家"男来店 女来电"的电话交友中心兼差，拿起话筒跟一些发情的女人讲电话是主业，偶尔也客串接一些无聊男人的电话，因为天赋异禀，本身是双声带，男声女声都可以扮得惟妙惟肖。

"嗨，你好，我是布莱德，你是裘莉吗？你好久没打电话来了！"

"嗯，最近下雨天好讨厌喔！"

"对啊，外面天气湿答答，你可别把自己也搞得湿漉漉的喔！"

"讨厌，光听你开口说话，我早都湿了。"

就是这样的咸湿段子与对白，在话筒两端不断地重复挑逗着，女人真的爱听男人讲些不带脏字的脏话，隔着话筒搔痒，更是让女人欲火难耐。管他打电话来的人是啥性别，反正就是开开黄腔，陪电话那头的旷男怨女，嗯嗯啊啊、咿咿呜呜，只要来电的客户能靠这话筒隔空达到高潮满足，也就算是功德圆满，成就他人好事一桩了。

还记得刚刚成家结婚的我，算是事业心很强的新好男人，白天在出版社上班，兼差翻译一些法国文学闲书，晚上还到一家非法的地下商业电台叫卖成药。不过，这样的打工瞎混也不是办法，既不上道也搞不出什么名堂。更糟糕的是地下电台的薪水少得可怜，有政治狂热的老板没事就想自焚殉道，为了爱台湾而闹自杀，所以找个上得了台面的合法电台闯一闯也算是条好路子，总得试试看。

卖药的实战广播经验，让我磨练出一身真功夫好口条，满口烂牙的嘴巴一凑上麦克风，便能胡扯瞎说几个小时，一点也不会结巴怯场。换个光明的合法电台，胡扯瞎说的本质相同，只是话题内容改为一本正经地为台湾发扬光大，这倒也不是难事。还记得当时在地下电台，我擅长扮演活佛神棍的大师角色——

"主持人你好，我想问问我的子嗣运途！"

"好的，先报上生辰八字吧！"

"一九七九年八月十一日晚上十二点！"

"子时出生，今年你是走空亡绝运喔，要生小孩比较难。"

"老师，那怎么办？"

"没关系，老师帮你化解。我是受过西藏密宗萨迦派格鲁教加持认证过的国际通灵大师，依我看，本身你的房子有问题！"

"什么问题？"

"你的房子方位卡到白虎星！所谓说，白虎吃子嗣，青龙助丁运，难怪你结婚多年却膝下无子。首先你要安床，床头放一颗花生，左边床底放一颗南瓜，右边床底放一颗橙子，左南瓜右橙子，这叫生南丁，也就是生男丁。"

"真的很谢谢老师，谢谢您！"

"不过这只是化解一部分的绝运喔，另外一部分是……唉，你的死运！"

"这怎么化解，老师帮帮我！"

"节目中不方便说，不过有一串西藏活佛加持的天珠，或许你戴在身边会好一点，这不勉强，你想买的话，我们的总机小姐会为你说明服务。"

就这样，一串大陆深圳加工成本一百块的天珠，以一千块钱的价格卖出，甄爱台抽了三百块。一个晚上可以卖出二十串。

我后来顺利考进了这个前途看似一片大好的合法爱台湾电台，心想可以混吃等死领退休金做到老了，过着早上九点上班打卡，十点大便泡茶，十一点约同事准备出去吃中午饭，十二点跟公司球友去公园打羽毛球，两点回公司上网，四点再去泡茶大便，五点准时下班的快乐上班族生活。话说那个年代，公元两千年的台湾政治气候刚刚变天，蓝色国民党五十年来第一次不小心失去了政权，绿色民进党人在阿扁的领军下，大摇大摆，神气活现地螃蟹走路般，横进了凯达格兰大道的总统府内。台湾万岁啦！台湾人做主啦！想当然了，我一来到电台的前两个月，就恭逢这般喜气洋洋的热络气氛，电台内部上上下下，从董事长到清洁女工，从节目内容到制播方向，平常说的做的听的写的，说改就改。衣服能穿绿的就不穿蓝的，讲话一开口就是三个字的标准闽南语国骂"看你娘"，一听大家就知道是自己人啦！

自古以来，这些胆敢冒险横渡台湾海峡黑水沟，都是走投无路的亡命之徒，说穿了不就为了活命混口饭吃嘛！所以台湾人的政治思想风向球转得特快。施琅带清兵登陆后，有识之士马上开始留辫子；日本人上岸后，人人脚穿木屐，说话开场都是"巴格野鲁"；国民党百万大军来台后，台湾人的"他妈妈的"几个字立刻说得朗朗上口。现在呢？唯一的硬道理当然就是"爱台湾"三个字。

不谈爱台湾了，谈到那几年的文化大革命，一想起来就满肚子气，原本最要好的一位湖南籍老同学，听到我混进了爱台湾电台，开始变得非常基本教义派，气到半年不再跟我讲话。

我现在人在产房，护士医生排排站一团混乱，老婆哀号的声音比日本色情片女优还大，情况好像有点不对劲，所以我要赶快开始扮演一位爱老婆爱小孩儿的好爸爸了！虽然说人生如戏，戏如人生，可节骨眼儿还是不能开玩笑的。

"用力一点，加油，快出来了！"

满头大汗的实习医生以前应该当过大学拉拉队的队长。

"去握住你老婆的手啊，你以为你在看戏呀！"

中年护士应该是有点更年期的躁郁问题，荷尔蒙严重失调，尖锐无礼的口气中，其实充满了对于我这种帅气中年男子的渴望与期待。

进到产房的时间果真度日如年，经历过二十四小时的马拉松式子宫塞剂与子宫颈肌肉扩张点滴液催生，感念于坚持自然生产的老婆的伟大，念着"怕热就不要进厨房，怕软就不要进卧房，怕看就不要进产房"的我，还是硬着头皮拿起相机穿起隔离衣目睹孩子脱离母体的伟大霎那。

接生的女医生年轻又漂亮，当她熟练地拿起剪刀剪断女儿的脐带时，脑海中的第一个念头是以后绝对不敢再吃卤大肠！男性潜在的"恐惧被阉割去势情结"或许是造成男人在老婆产后了无生趣，人生从此变成一片黑白的主因吧！这一幕血淋淋的画面从此留在我的脑海中，久久挥之不去。目睹过血淋淋的这一幕之后，会不会让我从此阳痿不举呢？

"生了，生了，恭喜你，是个健康的小女孩儿喔！"

医生说完后，马上熟练地拿起针线，准备缝合老婆下面那大到好可怕的伤口。我下意识地摸摸裤裆，突然发现原本一向雄壮伟岸的宝贝，现在缩得好小好小，小到我已经丝毫感觉不到它的存在。

"医生大人，有件事要拜托你一下。"

"母女平安就好，当了爸爸很高兴吧！"

"可不可以多缝几针？"

"为什么？"

"缝紧一点好吗？我怕以后……进去会没感觉咃！"

此后我的生命中，两首歌曲不断地在我耳边回荡，第一首是"必巡的孔嘴"，第二首是"针线情"。到了KTV，我也一定会点这两首歌曲，这两首歌象征着男人在老婆生产时最美好的回忆。

生完孩子后必须在医院待上三天才可以出院，我向公司请了假在医院陪老婆小孩儿，顺便可以跟那些年轻的实习护士小妹妹聊聊天。

"绝对不要跟狗开玩笑，因为狗是很严肃的一种动物！请你猜猜看四个字的一个成语。"

我跟一位进来帮老婆换床单的护士小姐玩起猜谜游戏。

"我……我不知道咃！"

我很确定，看似腼腆的护士，不安的眼神之下，隐藏着一颗小鹿乱撞驿动的心，回答我的话的同时，略带贪婪的眼角余光，轻轻地瞥向我那雄壮厚实的胸肌。

"不苟言笑！答案就是不要随便跟狗开玩笑。哈哈哈！"

自娱娱人的中年大叔，就只能靠这样的冷笑话，度过这三天可怕无聊的医院岁月。

昏睡中的老婆根本没时间理我，皱得跟老鼠一样的小婴儿每次一推进房内，唯一做的一件事就是拼命吸奶，老婆原本淡红色的粉嫩奶头，真是不可思议，变成了两颗黑褐色的超大核桃。该死，那是原本专属于我的两粒奶头呀！何时才能够完璧归赵！奶头没了，我知道，眼前这只状似营养不良的小老鼠婴儿，将要占有这两颗黑晕的奶头约两年的日子。认了吧！

熟睡中老婆的脸色看起来有点苍白，缠着束腹带的腰部略显臃肿，根据我的目测，至少有三十六腰以上，外号取名叫做水桶妹一点也不过分，看来要恢复昔日曼妙的身材难度应该颇高。根据统计，妇女得产后忧郁症的比例几乎有二分之一的可能性，产后第一次恢复正常性生活的时间大概需要两个月以上，恢复正常性生活约半年后，才会得到一次非常勉强的假高潮！更悲惨的是，一半以上的妈妈，从此以后一辈子再也不能体验到真正的高潮。想到这些问题，我的心不断地纠结在一起，忍不住打了一通电话给小廖。

"明天拿一些好料的光盘给我好吗？"

"我明天正巧会带一些尿布去医院看你们，大概一箱约三百片够不够？"

未婚的小廖是卡卡这辈子最好的朋友，也是卡卡免费色情光盘的大盘供货商。小廖家中的房间就像是竹科园区大厂的机房一样，二十四小时有五台计算机同时开机，他的兴趣就是每天不停地烧！烧！烧！烧录全世界所有能够下载到的最淫秽的色情光盘。

"你是说三百片光盘还是三百片尿布？"

"各三百片，够意思了吧！"

听到朋友这句话，比任何事都令人感动，卡卡流下了这辈子第二次男儿泪。好朋友就是要雪中送炭，而不只是会锦上添花，能够同甘苦也要共患难，男人一辈子最惨的阶段就是我现在被困在产房的模样了，小廖真是救苦救难的人间肉身活菩萨，闻声救苦啊！

嘴角带着甜甜的满足笑意，看着身旁的老婆与小孩，困意袭来的卡卡，终于将沉重的眼皮缓缓合上，梦周公去了。或许，如果梦境顺利的话，与三百个即将出现的日本女优，行周公礼。

"爸爸，爸爸，我来了吔！是你叫我来找你的喔……"

"是谁叫我，是谁？"

我躺在病床边的小沙发，疲累的身体瘫垮在棉被堆里面，连起身的力气都没有。

"我在这里，皱巴巴的小老鼠婴儿，就是我啊！"

这一切都太诡异了，出生第一天的小婴儿竟然会说话，我该不会是在做梦吧！

"你叫我投胎来当你女儿，我照你的话去做。我有看到你抱着我的身体一直哭泣流泪，我想劝你不要难过，可是你听不到。其实那不是你的错，那只是一个不幸，一个突如其来的不幸而已。我已经老了，一只老狗的命运是很悲惨的，走不动跑不快，大小便又容易失禁，所以我不想拖累你，你反而是帮我一把吔！痛痛快快地结束生命也是一种福报，不是吗？而且有一个好漂亮的姐姐带我到一个光亮无比的隧道中，鼓励我勇敢地走过去吔。可是后来我遇到了两个长得像牛头和马面的坏蛋,捉我去一个暗无天日的地洞中。"

"他们没有对你怎么样吧?"

"他们翻了一本好奇怪的簿子,然后点点头,叫我在上面签名。最后他们告诉我,在七七四十九天之内,我可以选择以后要去哪里,我说要当你的女儿。"

恍惚之中,天空已渐鱼肚白,从窗外照进的光线投映到我脸上,巡房的实习医生和护士们把我吵醒。小婴儿已经被推到隔离室去做黄疸测试。昨天到底是谁在跟我说话呢?

深夜在产房的男人课题

"老婆你知道吗?昨天半夜小孩子跟我说话哒!"
我其实不确定昨夜与小婴儿的对话是否纯属梦境。
"你是在说梦话吧!"
老婆的血色开始红润了些,说话中气十足,看来我硬逼她把这两天的月子餐吃光光是有用的。

"我要吃鼎泰丰的小笼包,一小时之内给我买回来!"

我始终无法理解这些日本人为何会大老远跑到鼎泰丰排队吃小笼包,排了一小时的队伍,只为了那几颗该死的爆浆喷汁小笼包!回到医院已经累坏了,陪着老婆吃完后,我二话不说马上翻身睡着。

"爸爸,爸爸,你累了吗?"蒙眬之中,我又听见小孩子的阵阵呼唤。
"是小虹吗?"
早上跟老婆刚刚帮小女儿取好名字,因为她是在下雨过后出现一道美丽彩虹时出生的,所以我们决定叫她小虹。

"是我小虹,没错!爸爸你很害怕对不对?你怕我以后长大会被坏男人欺负,你怕我会上网交到网络之狼的朋友,你怕我会吸毒或是滥交……你怕的事情可多着呢?对不?"

"你有你的命运,我也准备好度过我的余生,儿孙自有儿孙福,我并不害怕。我最近只是一直在想,亲手杀了自己的狗之后,我这样的杀狗凶手,到了地狱会不会上刀山下油锅。最可怕的是,面对十八层地狱的极致破表酷刑;还有,阎罗王可能会直接把我阉掉,让我代代轮回都不能人道。"

"爸爸,我必须告诉你实话,你是一个好人,一个最最善良的好人,要不然我不会坚持投胎来当你女儿。你只是一直无法摆脱你的童年阴影,导致你长大后一直困在性与欲望的苦闷人生当中,你的恐惧便是来自于你对于生命的恐惧。生命的起源就是性,也就是说,性这档事把你制约了,你被性欲体制化了,你被肉体的欲望给操弄了。"

小虹说完之后,让我很想把她改名叫做苏格拉底。

"我承认,我在五岁的时候第一次好奇地把玩自己的小鸡鸡,不不不,是你刚刚说的操弄(manipulation)我的小鸡鸡,用把玩这两个字太低俗了。当我正在专注出神,忘我禅定,人屌合一之际,隔壁邻居的哥哥神准地弹射出一条橡皮筋,正中我的小鸡鸡,直到我长大以后,每次我一操弄自己的小鸡鸡,就很担心有人会用橡皮筋射我的小鸡鸡。"

"这就是你人生的第一道关卡,小鸡鸡的橡皮筋弹射焦虑与恐惧。爸爸,性就是这么一回事,几分钟解决之后,你就会觉得好空虚。以前我当狗的时候,每天都会耐心地在家门口迎接你回家,你一回家之后,我都会高兴地拼命舔遍你全身也不厌倦。可是我跟你讲实话,你身上的女人口红味道和分泌物腥味,完全骗不过我那灵敏的鼻子,你在外面偷情之后的余味仍然在我鼻翼两旁飘荡。但是我闻到另外一种你内心世界的味道,那就是你很空虚加上心虚。我不认为你很糟,我只知道你想要在外面的女人世界证明你自己。现在我必须郑重地告诉你,你根本不需要用这种下三滥的方式去证明你自己,你是我爸爸,你和妈妈把我生出来,你乖乖地在产房陪我,这就够了,这足已证明你是个好男人了。我的投胎其实肩负着一个重要的任务,那就是帮助你从这些贪嗔痴慢疑的欲望之中跳脱出来,不是叫你剃度皈依,别担心,你不用出家没关系,你可以继续带屌修行!"

小时候家中总是人来人往,热闹非凡。家中有一个好大的泡茶桌,珍贵的高山桧木打造成一个台湾岛的蕃薯形状桌面,因为我老爸是第一代爱台湾的代表人物。杉林溪的冠军茶叶一斤都要好几万块,我从五岁开始就是每天不停地泡茶给各位叔叔伯伯阿姨,叫我小小茶博士也不过分。我老爸教我,来修水电串门子的邻居泡隔夜茶就行,银行课长泡三百块一斤的茶叶就行了,副理级的可以升等泡一千块的,以此类推,不要浪费好茶给一些无利害关系的小咖角色。

我老爸在彰化算是个有头有脸的地方人士,大家乐疯狂签赌的年代,说起我老爸这位纵贯线的大组头兼角头,无人不知晓。早上八点就会有信用合作社的经理恭敬地在客厅等老爸起床，从第一信用合作社到第十信用合作社的十路人马，川流不息地在我家进出。有一次我亲眼看过一大麻袋的绿色千元大钞，如吃角子老虎宾果般，哗啦啦成捆成堆地倒在我爸的办公桌上：彩金五千万！老爸当场叫我和哥哥在旁边立正站好。

"你们如果乖乖地听我的话，再多的钱也都是你们的；要是不听话，一角一分都别想！"

这句话说完的十年后，美国第一次用飞弹攻打伊拉克，股市从一万二跌到两千多点，老爸负债一亿，开始如同大富翁游戏的输家一样，一栋接一栋地把所有房子卖掉。一向听话的我，不知道为什么，长大后都没拿到小时候目睹倒在桌上的半毛钱。

第三天，也就是最后一天待在医院，明天会到大直坐月子中心住一个月。小虹身体状况很好，我很感谢上天给了我一个健康的小宝贝，老婆也很平安，护士也很美丽。小廖的片子昨晚也送来了，我跑到停车场又看了一整晚，男人不再为荷尔蒙苦苦相逼，其实会变得很可爱很温柔的呦！

小虹晚上会跟我说悄悄话的事，我已经不跟老婆说了，自己造的业自己要担。我相信梦境跟现实之间，前世与今生的轮回，必定有着某种不可切割的关联性。护士刚刚把小虹推进来时，我特别注意到小虹脖子右边的下方，有一块浅粉红色的巴掌大胎记，那个位置就是狗妈妈被我用车轮撞到的致命伤处。

"爸爸，这是我最后一天跟你说话了呦！"

睡梦中又听到小虹呼唤我的声音。

"爸爸，我喝孟婆汤的时候故意吐出一小口，所以才能够保有前世的一点点记忆来跟你说话，不过我头上天灵盖的囟门即将慢慢闭合了，一旦我无法感应之后，我就要正式认真度过我这一生，当一个平凡的小宝宝了。"

"没关系，那你要相信我，给爸爸一个机会，我以前是你的好主人，以后也会是你的好爸爸。"

"那么爸爸我跟你说最后一句话，狗狗是人类最好的朋友，对不对？所以以后你就把我当成你的好朋友，可以吗？"

"一言为定！"

一篇写给女儿长大后看的产房日记

亲爱的小虹,我必须老实说,待产时的准爸爸心情,以及产后七日,坐月子期间准备服侍老婆的太监阉臣心情,好像不如传说中那么伟大,荣总的可爱实习护士妹妹,还有坐月子中心的美女保姆,似乎是支撑我在这段克难式"自力救济享受DIY"期间,还能乐观面对一切不可知未来的所有力量来源。而且我注意到了,一个原本穿长裤的护士,似乎因为我这一位酷爸的到来,在第二天特地换上拉链式的紧身护士窄裙装,只可惜在房间准备跟她要电话和MSN并且问她这一套护士服哪里可以买得到的重要关头,老婆和你突然睁开略带责备的微愠眼神,从香甜的睡梦中苏醒过来。

看到你那纯真的笑容,反映对比出我脸上猥琐不堪的世故与黯然时,突然想到,你的人生走到我这个年纪的时候,到底会变成怎么样?真的,当爸爸没那么伟大,每天练健身所锻炼出的浑厚胸膛,连以后想要当你的安慰剂奶嘴时,你都不屑一顾。不过我倒是一直沉醉幻想着,以后推着婴儿车带你出去散步的时候,可以得到邻居熟女少妇眼神所流露出的"真是个好爸爸"的钦佩目光垂顾。

"女儿是前世的情人"（或是前世养的狗）这句俗滥老梗的话，我倒是真正体验到了，你的到来，或许代表着我前世另一段感情债务必须偿还，而过去的我和现在的我，也会重新切割成另外两个完全不同的人生阶段。

你知道吗？今天走出医院看到澄净蔚蓝天空的那一霎那，忽然惊觉生老病死原来可以如此相近地集中在这个白色巨塔，当时荣总怀远堂正有一群家属抬出过世亲人的棺木，霎时间我打了一个寒颤哆嗦咬冷笋，小便开双叉，道德的光环与莫名的罪恶感迎面袭来。眼前灿烂阳光的夺目炫影，让我开始认真地想到，自己真的即将和你共度一段好长的时光。

长大后带你去幼儿园之前，一定要好好教你学会做个懂事的小孩儿，让你知道我是一个最棒最爱你的父亲，并且会伸出手跟我打小勾勾向我保证，绝对不跟妈妈说，关于爸爸偷瞄幼儿园俏丽女老师呼之欲出的胸前伟大 36E CUP 的事情。我满足地想着，只要能做到这样的地步，我相信，这就是一个成功且足以堪慰的父亲典范了。我已经准备好洗净一身罪恶，洗心革面重新做人，当一个全天下最好的爸爸哟！

爱你，就是要告诉你，关于我在现实人生苟活之下的心底话。你一定很想了解一下我的人生，对不对？

我有点困惑，以后该怎么告诉你，关于老爸我是个什么样的人呢？在你年纪小还不懂事的时候，你老爸以前到底是如何活过了这四十个年头呢？骗你不是办法，纸包不住火。把自己讲太好，你以后会看破我，唾弃我，离开我；把自己讲烂一点，搞不好你长大后会引以为戒，绝对不要变成老爸这种死德性，这样好像比较有负面教育意义哟！

讲真的，从你问世的那一天开始，我心中隐隐觉得，你会彻底改变我四十岁以后的生命。你知道吗？昨天我已经把薇阁汽车旅馆的十张优待券全部撕掉了，还是边哭边撕，心疼得要命吧！

坦白从宽，我必须老老实实地向你仔细交待清楚，关于过去的我是用什么样的方式来虚度我的上半辈子，浪费年轻的宝贵光阴在一些无意义的琐事上头。我不敢保证，以后的你会不会犯下跟老爸一样的错，毕竟人都是一直在犯错。最可怕的是，当你正在犯错的同时，还自以为是在做一些再正确不过的事情。所以老爸想对你说教一下好吗？那就是：绝对不要站在道德的制高点去指责别人，除非你这辈子从来没犯过任何错误。

有些话，我老了之后可能来不及跟你说，因为我会在你还措手不及的时候就突然变老，推着中风复健学步机的可怜模样让你为之鼻酸，只能流着口水歪着嘴巴看着身旁的年轻菲佣，然后在脑中意淫一段属于糟老头的卑微性幻想。我会比你早走一步向阎罗王报到，当你帮我守灵的时候，应该会无聊地度过七个漫漫长夜，这时候，跟你的兄弟姐妹在我灵前争财产可能有点不孝，外人也会看笑话，或许这本书可以让你晚上熬夜替我上香烧金纸时，打发走一些让你眼皮沉重的瞌睡虫。

好吧，如果你坚持要知道我是个什么样的家伙，我可以告诉你，除了我之外，这世间没有任何人可以一五一十地描述清楚我是什么样的人。要是我还健康地活着，身上有点钱，名片上面有个可以吓唬人的头衔，对别人来说还有些利用价值的话，那么，部分认识我的朋友可能会虚伪地说我是个还不错的人；但是如果我现在因为外遇偷腥而被人赃俱获，你老妈把我扫地出门，一文不值地流落在街头的话，我猜应该没有人会说他们曾经认识过我，或者会说跟我不太熟。

你出生的二〇〇八年是个有点混乱的年代，至少我是这么认为，或许十年后你的年代更混乱也说不定。不过，现在每个人早上所做的第一件事大概就是翻开报纸，看看封面的偷拍八卦和猥亵照片，然后兴奋地迈开脚步走进办公室，跟身边的同事加油添醋地讨论一整天关于这些让人幸灾乐祸的美好生活材料。"旁观他人之痛苦"，这句话好像是美国记者苏珊桑塔格的一本书名吧！台湾人在"旁观他人之痛苦"的同时，大概还可以暂时"掩饰自己的败德与堕落"。老爸说教的第二课：千万不要去嘲弄别人的不幸与败德，除非你是纯洁无瑕的圣女贞德。

这本书是老爸我对你的忏悔录，绝对不会比法国思想家卢梭的《忏悔录》还逊咖，以后的版税收入麻烦你帮我都捐出来。全世界也将没有任何一个老爸是这么坦白地跟女儿说实话，以后你会懂得，我不常说教，我只当你的朋友，一辈子永远的好朋友。记住，长大后不管你发生什么事，把我当朋友，告诉我你的悲伤和快乐，我只会与你举杯邀明月，共饮划酒拳，静静地听你倾诉分享。

你可能也会好奇这个年纪的我到底在做什么工作，工作的内容好玩吗？一个月赚多少钱呢？有自己的办公室吗？早上会有穿 OL 套装的女秘书帮我泡咖啡拿报纸吗？小孩子通常到了国小年纪，如果在学校跟同学吵架呛声，大概已经懂得恐吓对方说："你知道我爸爸是某某人吗！"放学后看到同学父母的名车在校门口声势惊人地排成一列时，就跟黑道大哥出殡一样的礼车排场，小朋友应该也已懂得哪些同学的老爸是有钱人，下次去福利社可以 A 他几根棒冰解解馋兼消暑。

不过或许你会失望，老爸都穿短裤和排汗运动衫骑脚踏车出门上班，因为最近油钱很贵。出门前如果肚子痛想大便的话，我会先忍着，到了公司上厕所可以省点卫生纸钱和马桶冲水水费。在电台上班的好处就是不用穿西装，在录音室里头挖鼻孔或抠脚趾头也没人理你，只要你认真找一些专业的达人级来宾来好好访问，并且小心翼翼地注意到传统中国人做人处世的阿谀奉承道理，不要太白目，不要挡人财路就行了。这样的工作说来容易，但是没有三两三怎敢上梁山？口条佳反应佳，这些严苛又专业的条件可是百中选一人才难觅。对了，在这篇日记的最后，我还必须跟你讲一些你爷爷的事情，后续也会谈些爷爷生平的点点滴滴。人要懂得饮水思源，你爷爷是个好人，跟我一样。

爷爷原本是一个园艺工人，不爱说话，总是闷着头拼命种花除草。之所以不爱说话，是因为他的客家人口音太重，讲起福佬人的闽南语总会有一种怪里怪气的腔调。二十世纪六十年代，在台湾中部彰化地区这个福佬人居多的僻乡穷村，要是让人知道你是客家底细的话，一定是落个人人喊打的头破血流惨状，所以他就尽量少说话。

　　本来爷爷也搞不懂自己身为客家人有什么错，不过他知道一定要把闽南语学好，否则在彰化地区混不下去。有一天他收了工之后经过一间义民庙，看到清朝年间林爽文之乱的记载，才知道原来自己的先祖曾帮着清朝官兵剿灭了不少福佬人，客家人当了义民之后，也成为福佬人的大敌。

　　其实这点恩怨跟所谓的福佬人和客家人也没啥大关系，那群福佬人内部又细分为漳州人跟泉州人，他们两百年来每天打打杀杀舞刀弄棍的，争的也不过就是一条小水圳的源头罢了！后来漳州人跟泉州人和解了，因为他们一起把矛头对准客家人。

　　我们的先祖同样也是来自福建省诏安。管你是福建的泉州或是漳州，大家本来都只是来台湾讨生活混口饭吃，但是肚子填饱后又觉得日子百般无聊，逞凶耍狠械斗便成为发泄体力的一个好管道。不过在一九四九年之后，彰化的客家人和福佬人忽然一夕之间又团结起来，因为共同的敌人终于出现了。当百万大陆军民渡海来台，成为岛上的新统治者，客家人和福佬人的新仇旧恨就此暂告一段落。此后岛内居民的分别只有两种：本省人和外省人。爷爷这时候悟出一个道理：能够跟旧敌人携手合作的唯一方法，就是找出共同的新敌人。

　　十岁的爷爷有一天到一位外省籍国大代表的大庄园内种花，生性活泼的爷爷一时手痒，看到院内有一株漂亮的油桐树花开得异常漂亮，想要摘几朵回家送给母亲，孰料被那位老国大代表逮了个正着，当场赏他一个大耳光。国大代表的小女儿看到爷爷被打了个七晕八素,当场笑了个人仰马翻。此时爷爷在心中暗暗发了个毒誓:有一天我一定要在众人面前赏你这个小女儿一个大巴掌。四十年后,有位当上立法委员的爷爷老同乡,从政漂白成功,发了,在十几部电视台摄影机镜头对准他的时候,终于替天行道了!

爷爷过去是个狠角色,轰轰烈烈地大起大落过,人生十分精彩。但是未能免俗,我要跟你说,混黑道不好,赌博也不好,带着省籍情结与童年阴影长大更不好。爷爷的第一代爱台湾精神,曾经不小心耳濡目染地复制到我身上,我还是要感谢他教会我一口流利的闽南语,但是后来我唾弃了第一代爱台湾精神之后,爷爷对我十分不谅解,认为我辜负了他的期望。虽然过去有些时代背景会造就一个人走向一条不归路,那是因为他们没有更好的选择,而你以后会有很多条不一样的路让你选择。也就是说,森林中的路有很多条,就看你要选择哪一条,通往哪里去。然而要切记:千万不要像你老爸一样,为了你妈妈这棵树而放弃了整座森林!

我了解,以后你可能会问,上述这些关于你爸爸和阿公的来龙去脉,知道后到底有什么用呢?我告诉你,你至少能得到了一些关于以后想寻根的身世密码。就跟密码一样,有一天你真的闲得没事做,就可以一一去破解我在这本书所埋下的各种密码伏笔。不过在这篇日记的结尾,还是想告诉你一句老生常谈的话:做你自己。不管你长大后变什么样,我都会支持你。

有了你，我变娘了！

老婆生产完一个月后，小虹正式出关，可以坐着婴儿推车到户外活动了。

"老公，今天天气不错，我们开车载小虹去阳明山走走好吗？"

老婆在坐月子中心闷了整整一个月，虽然有许多亲戚朋友来看她，但是那些亲戚朋友只会七嘴八舌地忙着对小虹品头论足，疲劳轰炸地唠叨不停，每个人都要假装是育儿专家，提供各种养小孩子的心得给我们。更过分的是，竟然还有许多人语带尖酸地对我们说一些充满性别歧视的风凉话。

"生完大女儿小扉之后，你们又生了二女儿小虹，要再加油喔，赶快生个男的。"一位生了两个男孩的姨婆略带同情地对我们说。

"女儿没关系啦，以后嫁个好丈夫最重要，最好能嫁入豪门，一辈子不愁吃穿。"一位嫁给中部某位五金大王的表姐说道。但是根据上一期狗仔周刊的封面报导，她老公上星期好像在某夜店被拍到与一位波霸名模喇舌热吻。

"小虹长得很漂亮喔，我替我儿子先订下来了，指腹为婚啦！"这位仁兄是我邻居当中长得卖相最差的，水果摊的术语叫做"NG瑕疵品"，他的儿子长得更离谱，一副十分欠打的调皮模样，我怎么可能会让小虹跟这种烂咖指腹为婚！更何况，老婆是可以先网络预购的吗？太瞧不起女人了。

听到这些伤人的话，我隐忍下来不发作，毕竟来者是客。而且最近我脾气变好了许多，细声轻音，讲话会比莲花指，喜欢看利菁姐姐主持的节目，看完星光大道 Roger 老师的讲评还会感动到哭。——送完客之后，收拾行李准备离开坐月子中心，趁着阳光普照的好天气，带小虹和老婆到阳明山走走散心吧！

现在握着方向盘的手变得好谨慎，放慢速度缓缓地行驶，后视镜中的小虹满足地喝着妈妈丰满充盈的母奶，这个时刻，我体会到当爸爸之后的无比快乐：很低调，但是非常奢华的幸福！就在这个时候，忽然有一声刺耳尖锐的汽车喇叭声长鸣在我脑后，接着看到一辆 BMW X5 的黑色房车切到我的车子前方，有两位彪形大汉怒气冲冲地下车，使劲用力敲我车窗。

"看伊娘老××，你开那么慢是故意的呦！"

大直到士林中山北路的匝道本来速限就是四十公里，我照规矩来也没错。问题是台北人很喜欢在这样的路口于后方逼车，逼你开到四十九公里速限，冒着只差一公里速限就会被超速照相取缔的风险，紧贴你车屁股给你压力，实在有够机车。

"大哥，对不起，小孩刚满月，不敢开快。"

我咬紧牙关低声下气地说抱歉，左手用力地握着藏在坐垫底下的伸缩锻铁双节棍，这根棍棒上头还沾有上一次痛扁过一位恶劣出租车司机的斑斑血迹。后来我决定松手，打开车门，恭恭敬敬地向两位大哥行了九十度的鞠躬礼，脸上还装出十分害怕的惶恐表情。

"臭俗辣，下次小心点，我们在赶时间知不知道，你知道我们一分钟值多少钱吗？看，回去顾小孩啦，无三小路用（台语，意为没什么用处）。"

"不好意思，下次一定会注意！"

无妄之灾平安软着陆之后，我回到车上，一句话都没有说，但是嘴里两排牙根仍然咬得紧紧，嘎嘎作响。重新发动引擎起步，过了一分钟之后，老婆用着这辈子最最温柔的语气跟我说："你变了，变好娘，但是我跟小虹，很喜欢你现在这副死娘炮的模样。"

听完这句话后，我下意识地用舌头舔了舔双唇，踩着油门踏板和离合器的双脚，突然间夹得好紧好紧，后庭菊花台顿时觉得暖洋洋，我好想马上就把车开到那日暖花开的阳明春晓！

第二篇 爸爸爱说教：关于人生的七堂课

亲爱的女儿，爸爸的上学生涯几乎一直都在逃课，下面想要跟你说的这七堂狗屁东东，都是我逃课在外游荡的人生体悟。爸爸所讲的都是负面教材，让你引以为戒。如果不知道夜晚的黑暗，又怎能懂得白天光明的可贵呢？

第一堂课：体制化

小虹，你现在是一个独立的个体与生命，但是以后你终其一生将会与这个社会的"体制"努力奋战。体制化的目的，是社会为了要加强对个体控制的必要手段，如果你像爸爸一样总是跟社会这个体制格格不入的话，你会活得很辛苦，不过我一定会支持你，我绝对不会加入这个体制来一起压迫你，我会跟你站在同一边共同来对抗。

小虹，你知道吗？我可能快失业了。最近电台发了一封志愿离退同意书给我签名，我的同事也都收到了。签完之后我们可以领到补偿金，然后电台再用约雇方式回聘我们其中的一些人（听话又好用耐操的优秀人），不过没有劳保和健保，一年一聘，六个月考核评鉴一次。

这样的工作型态叫做"非典型就业"，我相信你长大后也会面临到这个问题，因为朝九晚五的固定有保障工作，混吃等死的时代已经一去不复返，靠自己的实力才是王道。所以我是第一个签了这份志愿离职书的人，并没有随着其他同事寻求司法管道，与公司展开长期抗争的法律诉讼。不过，老实说，我

第一堂课：体制化

还挺怀念以前那种带着闲情逸致泡茶看报，每天可以好好大便两次的典型就业生活。

"卡卡，你进电台这么久的时间，表现一直很优秀，现在你这么配合公司的政策，我很高兴。毕竟现在大环境这么差，企业瘦身才可以增加未来的竞争力呀！"现任董事长颇为语重心长地缓缓说道。他是一位非常知名的人权律师，好像替很多死刑犯辩护翻盘成功过好几次，不过他对于工作权这方面似乎还不够尊重，否则不会这么轻易地让许许多多经过正当考试途径，加之辛辛苦苦挤进公司窄门的员工，必须硬着头皮签下这份以后将任人宰割的生死契约。

"以后我的每一个节目将会用最认真的姿态，战战兢兢、小心谨慎的心情把它完成，在公司的每一天，我都会当成是我人生中的最后一天来度过。希望每六个月一次的人事评鉴可以达到公司的标准。只不过我有一个小小的要求……"

"喔，卡卡，你尽管说！"

"现在的薪水有点不够我支付给保姆的费用，除了几个Live 的节目和新闻，我必须准时到录音室之外，可不可以给我一点弹性的责任制上班时间，让我照顾刚出生的孩子，不然现在的我既没产假又没育婴假，我跟老婆可能会去跳楼烧炭了。"

"没问题，但是你所负责的节目一定要做出高格调的质量，公司安排你必须配合的宣传和公关活动一定要到。"

我走出了这个门，已经心知肚明未来要怎么做了。我不再跟其他的同事以及工会的干部多讲一句废话，他们要告就去告，在台湾想走司法途径，有那么容易吗？经过几年的冗长诉讼，告赢了又怎么样？小虹，你的童年难道就在陪我上法庭的岁月中度过吗？老实说，我被体制化了，我向这个体制屈服了。对不对，小虹？告诉你，这是我第一次彻彻底底向体制妥协，不再像年轻时代一样冲动热血。不过，等你有一天长大，不听我的话，对我大呼小叫的时候，我也绝不会自怨自艾地对你说：我当初都是为了你才这么做，我为你牺牲有多大，你现在却不听我的教导……诸如此类的屁话！

我在这段期间其实应征了其他三个工作，不过都是要没日没夜地跑新闻赶稿，薪水虽多，社会地位和名片头衔也蛮唬人的，可是我不愿意就此把你送给保姆全日托放，错过与你在上幼儿园之前的珍贵成长时光。就让我从此告别西装革履的亮丽光鲜生活吧！爸爸不适合做一个事业有成的男人，爸爸宁愿穿着短裤汗衫，每天跟你的尿布奶瓶为伍。我要亲眼看着你开始爬行、走路，晚上依偎在我身旁睡觉，白天跟我去公园溜滑梯，等到你完全断奶叫爸爸，然后把妈妈两颗奶完完整整地还给我，让我好好享用！我不怕薪水不够用，只怕陪你长大的时间不够，老爸可以改抽白长寿，改喝两百块一瓶的葡萄酒。

长大后，第一个把你社会化、体制化的场所就是幼儿园，以后如果你运气欠佳，可能会碰到一个喜欢打你小屁屁，把体罚当有趣游戏的坏老师。第二个地方就是上小学之后送你去课后安亲班，你或许会遇到一个专门欺侮小朋友的坏小孩，大欺小的霸凌事件是无所不在的。德国哲学家尼采说过，这个世界本来就是一个超大精神病院，只是每个人疯狂的程度不一样罢了！

体制化之下的人类会产生一些少数边缘性人格特质的怪胎，他们会利用体制的缺陷来满足其个人怪诞荒谬的私欲，而且还会用着极其冠冕堂皇的理由来合理包装他们的变态。

"卡卡先生，你太宠小孩子了，我的适当体罚是为了小虹好，你不高兴的话，欢迎你来告！"你未来的幼儿园老师可能会这么跟我说。

别担心，小虹，爸爸是在这个体制之下幸存的人种，我自有方法应付这套将会压着你喘不过气来的体制。我当然不会冲动地去赏幼儿园老师一巴掌，也不会去跟欺负你的坏小孩家长干架，我只会默默地观察你一切的初级社会化状况，在你跟我诉苦的时候，冷静且温柔地跟你话家常。

"爸爸，我班上的小胖叫其他同学不要跟我当好朋友，我好难过喔！大家都听小胖的话，因为他每天都会带好多糖果给小朋友吃，现在我在学校好无聊喔！"想想看，当人好累喔！好不容易四岁大的小虹已经感受到同伴排挤的压力了。

"他说不要当你的好朋友，那没关系呀，你就回答他，那我当你的妈妈，也可以当你的爸爸啊！"

隔了一天，小虹喜滋滋地回来跟爸爸说："爸爸你教我的方法好有用吧！今天小胖又说不要跟我当好朋友，结果我说那我当你的妈妈好了。其他小朋友听了都哈哈大笑，然后叫小胖喊我们所有的女生好大一声，妈妈！"

小虹，懂了吗？对抗体制的最佳方法，就是乐观幽默以待，凡事不要走极端，这世界其实没那么坏，基本的体制运作有其潜规则的制约作用，至少某部分十恶不赦的坏人会有所忌惮。但是在你羽翼未丰，还没有掌握并学习到人类的体制到底是如何运作如何操控宰制百分之九十九的平凡百姓时，千万不要贸然去跟体制对抗，毕竟你还没看透并了解这些体制是用何种方式运作的。

在你上中学和大学的那几年，铁定会被学校这个升学和考试体制为主要压迫教育机器的怪兽折磨到不成人形。放心，爸爸会陪伴你，不会变成教育体制的另一个帮凶来荼毒残害你。等你把所有的体制运作基本人文科学都学会了搞懂了，你可以在成熟之后好好地对这个社会提出你的建设性批判，用最积极的方法让这个世界变得更美好。

简而言之，真正彻底能够改变并修正人类部分荒谬体制的方法，就是先学会现有体制运作法则，然后进入体制，不过在体制中不要随波逐流人云亦云，仍然要在内心偷偷地坚持自己的理想和看法，等到你在体制内爬到某个有权力的位置时，擅用你的权力并摸着你的良心，用非暴力的温和革命手段来潜移默化改良这个体制。

有些年轻人总是为了反抗而反抗，外表染了金头发，或是嘴唇和肚脐穿耳洞，全身上下文身刺龙绣凤，标新立异只为了显示自己的与众不同，但是内在的脑袋和骨子里的知识却都没有长进，谈话没内涵，灌水后的酷哥帅妹模样用磅秤称起来却没啥斤两。所以，未来你要怎么处理你的外表打扮，我管不了，但是记得喔，人要有点雄心：进入体制，看破体制，掌握体制，改变体制。老爸当年读大学耗了八年反复进出了好几次，我很后悔，毕竟走了好多冤枉路……

第二堂课：如厕训练

如厕训练又称排泄习惯训练，教导小孩子在适当地点与时间的大小便规范养成，简而言之，就是三个 R：在正确的时间与地点，请你拉下正确的屎尿（Right time and right place have your right shit）！但是过早训练可能会让小孩子产生压迫感与情绪的病态，身心发展会朝向畏惧胆小的动辄得咎恐慌状态。

爸爸到了国中三年级还在尿床，尿床完之后，紧接着又是一阵酥麻痉挛：我梦遗了，而且梦境中好像出现过性感女神麦当娜。或许你们那个时代已经不知道谁是麦当娜，她的搞怪与妖媚等同于现在的女神卡卡。古时候新婚之夜的新娘要有处女落红证明，才可以向夫君交待，而当我拿着这床"处男落黄"充满尿骚味的床单时，我老妈，也就是你奶奶，只跟我说了这么一句话："你以后可能需要穿上成人纸尿布才能上床睡觉。"

青春期正在发育中的我，从此陷入男孩儿与男人之间的"转型瓶颈"，有点像是台湾从戒严时代要过渡到解严时代的转型正义一样，怎么做都不对，对于自己的排泄与性欲问题，产生了心理与生理上极大的内部矛盾冲突。还记得我每次跟女朋友花前月下卿卿我我之际，一到关键时刻，正准备突破神秘三角洲的花园阵地当口，我都会跟女朋友大喊："等一下，我先去尿尿！"

尿完后，前戏又重新来过，等到要提枪上马之际，我又大喊："等一下，我再去尿一下！"

就这样，我失去了跟很多女朋友深入交往的机会。有些比较有爱心的女朋友，分手之后还会抽空拨个电话给我：

"卡卡，我认识一个泌尿科主任，是美丽的女医师喔！我帮你挂了号，听说早期肾亏很容易治好的。"

小虹，这个故事给了我什么启示呢？

第一，你想表达大小便的意愿时，我会鼓励并称赞你，如果你不幸失控乱大小便，我绝对不会尖叫责骂你。

第二，你想包尿布到国中都没问题。

第三，出门在外千万别憋尿，否则女孩子很容易尿道发炎。

第四，如果以后你有便秘的问题，我可以教你一个狗妈妈多多的绝招，那就是顺时钟方向原地绕三圈，通常这样就会感觉到些许的便意了。

每天大便很重要，晚上尿床谁能料！这是爸爸送给你的第一句醒世警语，希望你安然度过弗洛伊德说过的幼儿肛门期之后，不要因为对于自己的排泄控制产生无力感，或者是恐惧屎尿的不洁感，导致你长大之后变成一个适得其反的洁癖强迫症患者。出门之前不敢多喝水，因为怕尿多；真的想尿尿大便又不敢在外面上厕所，因为怕脏。一个人如果搞得这样神经紧张过日子的话，自律神经失调，歇斯底里，忧郁症等毛病马上就会找上门来。

想尿就去尿，想爱就去爱！这是爸爸送给你的第二句醒世警语。

小便和大便是生理需要的基本满足，爱情则是以心理需要为出发点的高级满足，这是一个哲学上的思辨问题。

"男女之间，先有爱，再有性？还是先有性，才有爱呢？或者是爱与性同时发生？"长大后的你丢给我一个这么高深的大学问。

"爱是一种心理状态，你去爱别人，是因为你感受到爱别人的快乐，被人需要的快乐。但是如果有一天你全心全意地很用力去爱别人的时候，别人却反而不快乐，这或许就是因为你的爱给了对方压力，让对方快要窒息喘不过气来，这种心理状态的爱就是变态。简单来说，爱是建立在让别人快乐的前提之下，连带也使自己快乐的一种健康关系。"

"我懂了，爸爸，就像你从小到大在我面前搞笑，掩护我的小调皮犯错，替我顶罪，害你常挨妈妈的骂，而且你很会自娱娱人，从小带我很辛苦，可是你很会自己找乐子。比如说小时候我们去公园沙坑玩沙的时候，在毒辣的太阳底下一待就是两个小时，但是你从来不催我赶快走，你不像其他的爸爸妈妈，自己受不了，百般无聊之下就把小孩子从沙坑带走，那些小孩子每次都是哭得一把鼻涕一把眼泪，被那些自私的父母像犯人一样架走。不过我有注意到喔，为什么爸爸你这么喜欢带我到沙坑玩沙？"

"为什么?"

我忽然惊觉到在网络时代长大的小孩子,真是不简单,爸爸的秃头顶上有几根毛,是不是有戴一顶假发,根本瞒不过他们。对他们来说,大人之间那些狗屁倒灶的事情,一切都很瞭!所以我劝所有的父母最好是跟小孩子老老实实地坦白从宽。老是一副板起脸孔严肃爸爸的模样,西洋镜一旦被拆穿之后,就跟那位去汽车旅馆被捉奸的立委大人一样,爆料跟拍上头版的新闻一旦见报,会让原本正义凛然的男人形象十分难堪。

"因为陪小孩子去沙坑的妈妈居多,爸爸比较少。辣妈们蹲在地上跟小孩子玩的时候,从前面可以看到某种程度的爆乳乳沟若隐若现,从后面则能够瞄到低腰裤蹲下之后屁股沟的双臀夹缝处。乳沟加股沟,春光藏不住!一方面照顾小孩子,另一方面眼睛吃冰激凌,一兼二顾,摸蚬兼洗裤。爸爸的心思,我很清楚喔!好了,不糗你了,你刚刚只谈到爱,性呢?先有爱或先有性,你还没回答我这个问题吧?"

"性关系的建立基础在于两个人的肉体结合,一男与一女,是世俗认同所谓正常的,男与男叫同志,女与女叫蕾丝边,三人以上叫做多P,这些我不便多做道德上的批判。性与爱的发生顺序,跟先有鸡还是先有蛋这个问题一样,很难回答,不过我认为爱比较复杂,但是人们常把爱简单化了;性比较简单,但是人们又把性复杂化了。比如说,有独占性的爱就不是爱,要求回报的爱就不是爱;你以后要嫁给一个女人当T婆(意为同性恋,"T"指女同性恋中偏男性的,"婆"指偏女性的），我坚决反对，然后跟你断绝父女关系，我认为这就不是爱。跟某个对象发生了性关系之后，就把信用卡交给对方，帮他办银行贷款，任他打骂羞辱都逆来顺受，因为你认为自己已经把身体交给他，已经是他的人了，那我认为这就是把简单的性关系复杂化了。你懂我的意思吗？"

"我瞭了，老爸。生理与心理的需求，有时候可以单独作业，有时候同时作业，不管单独作业或是同时作业，最重要是清楚自己在干什么，自己能不能够当自己的主人。就像是小时候你训练我大小便一样，从来不带给我压力，尿在你身上也不会大吼大叫。我的生理需求在满足的过程中，从来没有面对过心理上的焦虑与压力，你教我的这一课，就是活在世上只要对得起自己就好，就不要担心可能会对不起别人这个问题，自己对自己负责，是吧？"

"没错！爱与性的先后发生顺序，是很难预料的，就跟你妈妈的便秘问题一样，有时候想拉，却又占着茅坑不拉屎，明明出门在外找不到厕所，却突然又肚子痛马上要拉个痛快。"

原来小时候的如厕训练，竟然会影响到一个人终其一生的心理与生理健康，不可不慎啊！

第三堂课：角色扮演

　　小虹，爸爸最喜欢推着小时候坐婴儿车的你到台湾大学，欣赏日本漫画同志的 cosplay 真人表演，你看到这么多漂亮姐姐把自己打扮成漫画中的想象人物，你那好奇的表情十分开心。人生本来就是一场戏，随着时空与场景变化，我们随时要演好自己不同的角色。有的人一辈子受到角色期望制约影响太大，比如说我想要你长大考上台大当医生，你为了迎合我，搞到最后变神经病。所以我建议你，角色期望的扮演在于你自己要不要入戏，演得开不开心，而不是来自于满足他人的期待，自 High 最重要。

　　爸爸虽然看似玩世不恭，但是很欣赏佛家所讲的"我执"这个说法。每个人都会执著于"我"到底是谁的妄念，你一旦懂事之后也会每天不断地在心中问自己，小虹你到底是谁？西方心理学家则是用本我、自我与超我来进一步分析解释，这个理论需要你用一辈子来持续追寻答案，我无法用启发引导的方式来帮你分析。

　　不过我可以这么告诉你，小时候我很不喜欢我自己，我很矮又很瘦，有点斗鸡眼加牙齿漏风，国中之前没有任何一个女孩子会正眼瞧我，别人去教室把妹我只能站在门口把风。为了争取别人认同，我非常在意别人眼中的我是什么。也就是说，我是靠别人眼光的外在投射来界定自己的形象，我擅长迎合别人的喜乐需要去扮演自己，在不断取悦别人的过程中，得到关于"我"的肯定。小时候我变成了班上同乐会的小丑，长大后变成了公司尾牙的开心果，我很会哗众取宠，我渐渐失去了自我。

"看，矮仔猴，拿一百块来让我们吃冰！"

国小的时候我会从家中偷一点小钱去满足班上同学的需要。

"靠北，我们去打人你只会站后面喔，这次给你冲第一个！"

从此之后，老爸干架每次都是一马当先，不落人后，凶残毒辣的狠劲与口碑，为我搏得一个江湖上闻之丧胆的"矮脚虎"名号。

但是我发现，为了取悦别人去做一些违背良心的事情之后，我还是不快乐。用金钱去交朋友，那将是永远也填不满的无底洞；为了无聊的兄弟义气去伤害无辜的人，那是白痴行为的傻里傻气。

有了你之后，我终于知道扮演一个好爸爸是需要多么大的勇气了，因为我已经不会在意别人怎么看我，能够忠实地做我自己。

"卡卡先生，你怎么星期一都不用上班呢？现在是专职奶爸吗？"问这话的老吴是一位邻居中的包打听，专门窥探小区中大小隐私，道人长短。

"工作弹性，小孩第一嘛！"我骄傲地溜着直排轮推着婴儿车，帅气地从他身边呼啸而过，急刹之后还来个一百八十度的高难度回旋，坐在婴儿车的你，好像有点无法对抗这样高强度的离心力，嘴巴发出咿咿呀呀的声音。

现在当奶爸的我，扮演的是一个让我自己非常开心的角色，你懂吗？

当然，你在三个月大的时候，那几天晚上趁着你快要入睡的重要关键，我会偷偷地先把一套白色护士衣服放在你妈妈的床边，准备等你熟睡时，叫妈妈穿在身上，等一下我也要来个医生和护士的角色扮演游戏。对，没错，就是你在医院刚出生时，产房那位超辣护士小姐穿的那件有拉链的窄裙装，我花了好大一番工夫才从网络上订来的。

"小虹睡了吗？"

"差不多了，可是我好累喔，可不可以别吵我？"

"拜托好不好？我已经憋很久了，你知道吗？我如果现在推去火化场烧一烧，捡骨的时候一定会出现好几颗晶莹剔透的舍利子？你懂吗？"

"这跟舍利子有啥关系？"

"因为禁欲过久，已经在我体内前列腺，形成某种肉羹状的黏稠物质了呀！一上火就烧成了舍利子，赶快穿上衣服，别啰唆。"

"好啦，烦死人了。"

就在我也准备挂上听诊器，穿上白色医生服的同时，小虹你突然间哭着醒来。这时候我完全呆住了，心情 Down 到了谷底，脑海中浮现出古装武侠剧的一段画面，那就是一个没有人性的可恶土匪闯进民宅当中，当着狂哭的小孩子，准备对她的妈妈……

天人交战之下，我最终还是选择关门离你妈妈而去，不甘心地到楼下书房睡觉去。这场角色扮演的精彩好戏，爸爸在布幕刚刚拉开之际，很不情愿地选择谢幕落跑……上台容易下台难啊！不过这样的退场，总算是对得起自己的良心。

第四堂课：霸凌

霸凌原本是一种长期存在于校园中的现象，指的是孩子们之间的一种恶意欺负行为，一旦你被锁定为被霸凌的对象，你将持续性地受到这种蓄意的伤害，包括言语或被排挤，甚至暴力方式对待。长大后的成人世界也充满各式各样的霸凌，简单地说，就是文学大师鲁迅口中的"人吃人的世界"。

爸爸今天要讲一堂非常严肃的课给你听。因为以后你会面对无所不在的霸凌问题，包括或许有一天你到国外所碰到的种族歧视，都是属于霸凌问题的延伸，以下我所说的，将会是我这辈子最认真对你讲话的一次喔！

小虹，人是社会性的群体动物，小时候你需要爸爸呵护，长大后你会需要朋友，而你这辈子将会结交到许多好朋友，但是你偶尔也会犯下大错，错将那些不值得你为他们付出真心真意的坏人当成好朋友，甚至是为了愚蠢指数破表的假义气，为挺朋友去欺负一些无辜的善良好人。

霸凌是个很严重的问题，因为人的天性之中，善恶两面各占一半的天平，塑造一个友爱的环境给人机会变好，人就会变得善良；如果环境恶劣，生存竞争激烈到最高点，人就会变邪恶使坏。我认为不止是在校园，长大后工作的职场，开车在大马路上，你都会跟爸爸现在一样，随时都会遇到那些喜欢霸凌别人的坏蛋。以暴制暴吗？这是最笨且最下等的做法！跟着那些坏蛋一起使坏，加入他们一起欺负别人吗？这更是让人堕落到最低级的白痴行为。那该怎么办？

爸爸在十八岁时第一次到欧洲自助旅行，那时我的第一个行程是到德国的柏林，在布兰登堡刚倒下的柏林围墙残骸中，观赏东西德统一的历史性画面。太感人了！数十万人不分男女老少，不管陌生人或是好朋友，只要迎面见到人就互相热烈拥抱。场面十分温馨，但是也很容易让人失去戒心，这个时间点就是容易出现意外状况的最佳温床。

当我沿着布兰登堡大道的小巷弄，想找一家酒吧喝杯爽口清凉的德国黑麦啤酒之前，几个恶名昭彰的德国新纳粹光头党早已经把我锁定，趁着四下无人之际将我毒打一顿，边打还边对我说："劣等的小亚洲人，滚回你的国家去！"

在欢乐气氛的最高点，通常都是悲剧最容易发生的时刻，而且是让人防不胜防突如其来的意外，这点要特别小心。

我在德国遇到的经验叫做"种族主义霸凌"，这样的霸凌理由只有一个，因为我长得跟大多数人不一样，单凭肤色就把我打到十八层地狱去。我是一个左派社会主义理想人士，看似狂放不羁，其实嫉恶如仇，最恨以强凌弱的霸凌坏蛋。所以以后不管你犯了什么错，我都可以原谅你，唯有一点我绝对不会允许，那就是欺负那些跟你长得不一样的人，比如说外籍劳工或是外佣，甚至去嘲笑别人有缺陷的外表，跟着同学去戏弄比你弱势的可怜人。这句话对你说得很重，但是我绝对绝对不会容忍你有这样的卑劣行为。

就让我跟你说说我刚去法国留学注册的一段小故事。故事比之前所说的略微冗长些，但你听完后就会知道被人霸凌歧视是什么样痛苦的滋味。

"可以冒昧地请问您一个问题吗？"法国里昂大学注册组秘书看着我的入学申请数据并礼貌地问我。

"当然可以，用一颗欢乐的心。"我试着用同样文雅的法文回答。

"您是申请政治避难的难民吗？"注册组小姐斜眼瞄我问道。刹那间我傻了眼，一颗热爱法兰西共和国的心顿时被浇了一盆冷水。我心头想着，难道我长得这副第三世界亚洲人模样就是来寻求政治庇护的吗？我们亚洲四小龙的台湾经验你们难道不知道吗？但很快我恢复了平静，从容地回答她："告诉我，如果我说我是申请政治难民的话，是不是有减免学分或拿奖学金的好处？或是可以比较快毕业呢？"

当我又兴冲冲地准备好所有证件要去市政府办理学生签证（文件很复杂，过程很啰唆，而且当你排在与阿拉伯人、黑人在一起的非欧盟成员国区时，真的会觉得自己是来申请政治庇护的），又因为一张财力证明资料不齐全，被刁难了许久。我悻悻然地把我皮夹中所有的花旗金卡，什么大来小来卡，运通万事通卡，全翻给他看，告诉他，数据不齐是不是？这些卡拿去验验看吧？五个月后我终于拿到了效期一年的学生签证。

本来爸爸我在以前所认识的所谓种族主义者 racist，应该就是德国那些穿皮夹克的光头党吧！每天以殴打有色民族为乐，喊着希特勒口号，举着新纳粹手势。没错，这种约定俗成的种族主义刻板印象是我们所认识的，在欧洲有一种说法，把这种人称之为无可救药的肤色种族主义者。

但在法国所感受到的种族歧视，除非你好好待上一年半载，否则你感受不到。在法国走在路上仍然很安全，不像在德东，某些危险区域到了晚上是根本不能去的（就像我在德国柏林布兰登堡门附近被光头党围殴的经验），因为此种以暴力为基础的生物性种族主义，在法国已经被提升到另一个更高境界了，那就是所谓的文化性种族歧视，以种族文化性的优越理论作为出发点。

根据欧盟反种族主义组织的一项调查，有百分之三十的法国人直接承认他们不喜欢外国人，但奇怪的是，我的法国朋友都没有人会承认他们是种族主义者。他们往往对我说："像你们亚洲人就很好，兢兢业业，不吵不闹。我们很喜欢你们，但是你看那些郊区的阿拉伯人，一个比一个坏。"

刚开始我很沾沾自喜此种理论，亚洲人名声如此优良，而且甚至我也自认为比那些阿拉伯人高了一等（也就是说把自己变得白了一点），不自觉地，我也掉入了种族主义理论者诡吊的陷阱了：文化性种族歧视的先验决定论。这个理论可怕的地方在于它把一个民族的堕落与变质归诸于他们种族与文化的劣根性。例如：美国黑人因为脑容量较小，应付由白人出题的智力测验成绩较差，所以他们社会竞争性差，犯罪比率较高；

伊斯兰教徒由于天性好斗，懒散成性，所以好吃懒做惹事生非……

每次走在飘扬着象征着自由、平等、博爱，蓝白红三色旗的法国土地上，心中总是百感交集，心中常常会浮现出一些台湾景象的画面。例如选举时种族族群的纷争，"捍卫台湾人、外省猪滚回去"等的可怕口号。我现在是一个闽南语广播节目主持人，我用我的母语优势在台湾讨口饭吃养活你，可是我完全不赞同某些人因为不会讲台语就被视为不认同台湾（就像我在法国讲法文有亚洲口音，而在课堂上被视为较低等一样）。

爸爸身为一个地道中部农村子弟闽南人，过去也曾经掉入一些捍卫台湾人身份的种族主义迷思的陷阱而不自知。我也曾义正词严，慷慨激昂地为自己身为多数派的台湾人身份，而把过去历史所有的罪状怪到外省人身上（之前我说过你爷爷被一位外省老国大代表掌掴的往事），也曾经刻板地认为客家人就是小气（却不知原来我有福佬客的隐性血统身份），原住民就是爱喝酒（爸爸可能也有平埔族血统），甚至认为来台湾的外佣比较穷，就可以任我们台湾人任意使唤。种族主义的幽灵是无所不在的，而当我们被这种集体煽动性的生存危机感，进而挑起人与人之间的仇恨的时候，想要再扑灭它往往很难。

爸爸之前总觉得自己很另类，总有语不惊人死不休的独特想法，但是从小到大我也受尽了别人各种无情的嘲弄与排挤，只因为我的想法跟别人不同，只因为我想忠于自己并且做自己。等你长大到了学校后，你的姐妹淘们如果正在起哄捉弄可能是一位讲话结巴的大舌头，或者是自闭症、癫痫症的生来不幸的同学时，请你务必要勇敢站出来，大声地对这些原本是你的好朋友的人说："请大家放过这些其实需要我们帮助的人好吗？要是不想伸出援手，至少也饶过他们。leave them alone！"

小虹，还是那句老话，一个善良的人，并不是脑袋上随时顶着道德光环的假道学正义之士，一个真正的好人，就该跟你老爸一样，绝不会平常满口仁义道德，私底下却行鸡鸣狗盗之卑劣情事。不过，在适当的时间和地点之下，该出手就出手，该说话就要说话，做人不要昧着良心。知道吗？

第五堂课：刻板印象

小虹，你是一个可爱的小女生，可是很多女性生来都被人用许多偏见看待。人类常常对于某些特定类型人、事、物，会用一种概括性的简化看法来做定论。通常，刻板印象大多数是负面且表面的，这些凡夫俗子往往无法从事情的表象看到事实的真相，就像爸爸一样，猥亵的外表之下藏着一颗最纯真的心。

小虹，我又要说我的法国故事了，你要有心理准备，这辈子我随时随地都会信手拈来，讲一些我的法国经验给你听喔！因为那是一段我人生中最美好也最有感触最有福的三年时光。

话说以前在法国留学的那段日子，与法国朋友闲聊时常常被问到诸如此类的话："您喜欢法国吗？"

"是的，我很喜欢法国。"我很有礼貌地回答。

"那么，您的学业结束后，您会继续留在法国吗？"他们喜欢用这句话意有所指地追问，而我总是张口结舌地不知道该怎么回答。

第五堂课：刻板印象

一开始到法国时，我会如同所有善良淳朴又带点骄气的台湾留学生一样，不厌其烦且掏心掏肺地向他们解释自己内心最诚挚的看法。因为一些刚到外国的台湾留学生，十之八九都会肩负着一种传播台湾经验给外国人知道的"历史责任使命感"。

我会从八国联军和甲午战争，口沫横飞地讲到七十年代台湾的经济奇迹，政治解严后社会的繁荣富裕民主成果，一直讲到雷曼兄弟金融风暴时台湾的屹立不摇。

然而当我每次讲完后，望着他们似懂非懂的昏沉眼神及强忍着呵欠的表情，我会眼角湿润地带着一种五四运动的悲壮精神，台湾新有为好青年的神圣态度，以及民初时代留法勤工俭学运动忧国忧民的悲壮与坚定回答他们："我会回台湾去。"

这些法国人似乎有点后悔问我这个问题，因为必须听完我的一大堆废话之后，才得到这么一句他们打从心底根本不相信的答案。

久而久之，被类似的问题问得有点不耐烦之后，再加上在我每次口沫横飞慷慨激昂有如蒋介石庐山讲话的一番陈述后，换来的竟是那些老法脸上所流露出半信半疑的表情，彷佛告诉我："少盖了，你们这些来自第三世界国家的外国人（基本上，除了西欧、北美等第一世界国家的人以外，我们都被归类成较落后国家人民，如果再加上您又长得比较黝黑矮小的话，法国人会把您归类成东南亚来的政治难民），哪个不是想留在法国享受我们的社会福利，只要找个法国人结婚（断手断脚的都没关系），专心生三四个小孩儿，不用工作就可以在法国不愁吃不愁穿了，何必讲得如此冠冕堂皇义正严辞呢！"

由于长期与老法朋友对话得不到共鸣的挫折感太大（因为我听不到我预期中，诸如您真是一个爱台湾有为的好青年等之类的答案），我也有点意兴阑珊，跟他们讲话开始学起法国人的爱理不睬，但想想这样消极的态度有可能会让我步上明朝政府在一四七四年锁国闭关的后尘（《明朝那些事儿》一书有说过），应该要化消极被动为积极主动才是。因此以后如果又有法国人问起，"以后您会留下来"等此类问题时，最后我终于找到了一个最简洁有力，又带点民族尊严的法国式回答方法，只需一个词就可以让他们哑口无言，那就是："pourquoi（为什么）？"

对我来说，这个寓意深远的词代表着以下三点象征意义（附注：在我回答"pourquoi"的同时，我的脑中通常会无意识地闪过一些八国联军火烧圆明园的片段画面，以及台籍慰安妇在南洋茅屋中面对日本士兵狰狞面目兽行的惊恐）：

一、在我回答这个问题时，我必须先了解您问这个问题的原因，否则我不予回答。

二、我想知道您为什么问这个问题，是不是潜意识里您藏有排外仇外的极右派思想，是否因为您不喜欢我们外国人留下来……是否您认为这些来自第三世界国家的学生都是潜在未来移民族群，是否您认为台湾很落后，请您说清楚讲明白。

三、请问您，我为什么要留下来？您是不是认为我们这些落后国家的人来这边读书，就是为了读完书之后要圆一番法国梦呢？告诉您，法国总统萨科奇跪下来求我，我都不想留下来呢！（漂亮的总统夫人布鲁妮求我则会勉强考虑一下。）

小虹，你以后有机会也该出去国外走走，但是一个东方女性在国外会接收到双重的刻板印象欺凌：亚洲与女性。但是你千万不要把自己看扁，也不要过于患得患失，送你四个字的口诀：不卑不亢。传播理论中所提到的："讯息沟通互动中，做好传播者与接收者平等且良性的互动反应。"这句话翻成白话就是："白人朋友听好，我会好好听你的每句话，但是轮到我说话时，我不是一个只会回答'是'和拼命微笑的东方小女人，在我不赞同你的同时，我也会毫不客气地反驳并讲出自己的观点。"

再者，绝对不要抱着一种去国外就是要找帅哥老公的超瞎想法，因为我看过太多台湾女生只要能巴着一个随随便便都好的老外，就浑身上下拽个二五八万听三六九万一样，真的是瞎很大！

我不反对你嫁什么黑人或印第安人，你要当 T 婆女同志都行，可是不要为了某种对"外国男人都很温柔都很好"的错误刻板印象，而沉溺于这种肤浅的谬误迷思之中，让你陷入可笑的崇洋与媚外。

打破"外国月亮比较圆"的国籍与人种迷思之后，你才有办法从"女性偏见刻板印象"的陷阱中逃出来，你才会恍然大悟，原来"外国男人有够瞎"！你才有办法去客观公平地对待身边所有跟你不一样的人。当你的朋友骂着"偷男人的大陆妹和死肥猪的笨菲佣"……这些不堪入耳的种族主义言论时，你才有勇气站出来发出正义之声。

对了，你应该不知道你姐姐小扉的事情吧！我跟你妈妈结婚多年，两人本来一直都没生小孩，身为幼教老师的妈妈觉得这样说不过去，教别人小孩子的老师自己却都没生小孩儿，对外好像缺乏点说服力。我们经过了多次的试管人工受孕努力，原本已经做好放弃养儿育女的心理准备，心想夫妻俩自由自在地过活也不错，但是此时却意外传来喜讯，妈妈怀了姐姐小扉。

医生一开始说原本植入体内的人工胚胎有两个是成功的，一个疑似是男孩，另一个疑似是女孩，医生语带保留地暗示我们，女孩的活动力较强，言下之意是希望能留下女孩，不要执意进行胚胎筛选，让男女婴失衡比例的问题继续恶化。不过见多识广的医生知道重男轻女的毛病在台湾仍然严重到不像话，大多数进行人工受孕的父母们几乎都会留下男孩，而且是宁愿留下一个体质较差的男孩胚胎，也不想以优生学的观点来做考虑，留下一个体质较好的女孩胚胎，因为这些好不容易求子做人成功的夫妻，还是要向家中的祖宗八代神主牌交待，当初我看着你妈妈，毫不犹豫地说道："传宗接代的名义只不过是个借口，男女不打紧，小婴儿身体健康才重要。"

一定要生男孩的偏执迷思，是一个传统华人社会的潜规则，生不出男孩，分家产免谈！也有点像是美国小孩子过万圣节喊的那句口号："不生男孩就滚蛋！"

"医生，双胞胎也不错，但是如果只能留下一个的话，我们决定留下女孩！"原本终日嘻笑怒骂的爸爸很认真地说。听到爸爸所说的每一字句是如此坚定认真，妈妈的泪水已经快要夺眶而出，心想当初真的没有嫁错人。

这就是你姐姐小扉诞生的经过，看似嘻笑怒骂的爸爸，是一个有原则有底线的汉子，我爱你们两个女儿，也感谢把你们生出来的妈妈，虽然你们这段时间剥夺了我许多一个男人应有的福利和权利，有点像是关在牢里面，不过我在"心牢"里面却很幸福很满足，男人守活寡、坐心牢也是让自己好好修行的难得机会，并且反省回顾我的一生。

社会学家说过，有了女儿的爸爸会变得很左派，我现在不只是左派，还是超激进的切·格瓦拉信徒，日日春性别平权拥护者。说实在的，你爸爸这一套想法在台湾是混不开的，在全球化向钱看的浪潮下，是注定要被浪花冲垮到海滩上奄奄一息的。不过，人活在世上，至少还要有一种信仰，没有了信仰，再多的名利与权力都很虚幻。台湾人是从众性的团体动物，喜欢不分是非地瞎起哄。大家早上看盘买基金股票，毕业后能去美国就赶快闪，嫁个外国人好招摇，你到了三十还未嫁，马上就有人说你可能不喜欢男人吧！没关系，别管这么多，严肃的爸爸现在告诉你关于我的这些价值观，希望你能够一辈子受用无穷。

第六堂课：代罪羔羊

  小虹，有时候爸爸心情不好，可能是在公司受了点窝囊气，也或许是晚上男人方面的表现不好被你妈妈唾弃，恼羞成怒之下，我就会不小心骂你，找你出口心中怨气，这时候你就变成爸爸的临时出气筒，也就是一只无辜的代罪羔羊。这样的表现其实反应出爸爸内心的无能与焦虑，把气出在别人身上是很糟糕的一种行为，有本事就自己解决问题，这才是敢做敢当的好汉！又要跟你说段我在法国的小故事了，爸爸曾经也深刻地感受到当代罪羔羊是一件多么无辜的事情。

  当时欧盟刚成立，为了要照顾欧盟的一些穷国，原本富有的法国社会变得有点不大景气，失业下岗在路边要钱的人愈来愈多，每次上下地铁时总要经过一大群游民，有时被啰唆得烦了，便跟他们说："您穷我也穷，亚洲金融危机搞得我们要闹革命了，搞不好明天我就跟您一起来要钱了。"

  有一位研究新纳粹种族主义的学者曾说过："当一个国家在经济社会层面开始出现困难的时候，民众就会把这些问题归咎到某些族群身上，也就是会开始找寻所谓的代罪羔羊。"

举例来说吧！东西德统一后，原本习惯于共产主义平均分配的东德人却开始面对严重的失业问题，而后来蜂拥到统一德国的两百万土耳其外籍劳工往往成了种族主义眼中的代罪羔羊。近来法国极右派种族主义的论调也极为甚嚣尘上，法国人优先的论调大行其道，就因为不景气的关系，法国人把罪状归诸到这些廉价外籍劳工的身上，台湾不也是一样吗？

撇开这些不谈，其实法国这里的生活还不赖，一个月五千块新台币的外国学生租房补助，法国政府对于外国人真是有够慷慨。对我们这些长期生活在充满压力与竞争的台湾人来说，如果人世间真有天堂真有黄金国乐园的话，这里应该就是了。

但是，小虹你知道吗？我一点都不想留下来，因为那不是我的国家，我不想随时随地有可能被某些偏执的法国人当做代罪羔羊。是的，我曾经不止一次地想过，留在这里多好，一个出门看到任何陌生人都会互道早安晚安的国家；一个电视新闻中，只会报导如何保护小孩子免受伤害，如何鼓励艺文活动，看似完全没有暴力血腥的国家；一个冬天可以去阿尔卑斯山滑雪，夏天可以到蔚蓝海岸度假的国家；一个只要台币三百万就可以买到台北天母区有游泳池别墅的国家；一个一星期工作不能超过三十五个小时，失业有救济金的国家；一个……

但是，经过了这三年的生活，如果有法国人再问我要继续留下来吗？我的答案还是：不！不错，你们的国家每个人每天都不停得道早安、午安、晚安，甚至睡觉安，但遗憾的是，我看不到你们脸上是带着喜悦诚恳真诚的笑容来说它，甚至连眼神的交会也没有。在我的故乡台湾，我们不兴你们这一套，看到别人时我们或许只会木讷腼腆地点头一笑，但其中多了一点诚恳与实在。

没错，我们的电视新闻充满了暴力犯罪、耸动媚俗化，但这只是媒体过度开放百家争鸣后的脱序现象，在法国你们有严格的广播电视法把关，报喜不报忧，粉饰法国社会的太平不失为维持一个歌舞升平的好方法。不错，台湾放假时大家只能一起聚在高速公路这个大停车场一起咒骂，但是休闲生活精致化的文化软实力提倡，相信不久的将来我们也能如法兰西民族般的附庸风雅，拿着高脚杯在草地上裸体野餐。你们放心，我不会，也不想留下来。这就是"爱台湾"啦！

刚刚有点激动，偷偷告诉你，"爱台湾"这种话其实只是喊爽的啦！我坦白说，当初要不是你妈妈死命地不放过我，放弃了小学教师铁饭碗的工作，厚着脸皮跟我到法国读书，害我到法国无法交往到任何一位金发俏妞，否则如果有法国女人要嫁我，说不定我还是会留下来，所以人活在世上千万不要把话说死，知道吗？

说正经的，以后你如果犯了错，千万不要把责任都推到别人身上，做人要勇于承担，千万不要去找一只代罪羔羊来替你顶罪。你现在最喜欢的卡通是"喜羊羊"对不对？活在这个随时都会出现灰太狼的现实社会中，你要懂得提防这些可怕的

第六堂课：代罪羔羊

会吃人的恶狼，不过千万也别当一只笨头笨脑的大肥羊，在紧急生死关头的时候，可不要懦弱地逃避责任，这就是羊群与野狼的法则，未来世界情非得已的生存之道。

今天我写到这里已经是晚上十一点了，听到楼上你跟妈妈好像都已经睡了，于是我蹑手蹑脚深怕把你和姐姐吵醒，兴冲冲地拿着那套网络邮购的性感护士服上楼去。一个身为十分有深度的作家爸爸，每次在用脑过度地写出一篇篇感性文章时，我的生理与身体很需要深层的纾压与放松。

"老婆老婆你醒一醒，快快快，走过路过，千万不要错过，机会难得、好好把握……尽孝道要及时，要人道要赶快，爱要趁现在！树欲静而风不止，胯下痒会流白带！快快快……"已经疯了的我，想把妈妈摇醒趁机会……

"你别烦好不好，我好不容易把两个女儿哄睡，还要哄你这个大的喔！我要睡觉，滚开。"妈妈说完后一脚狠狠地把我踹开。

老实说，当时我恨透了你跟姐姐，你们就是我的怒气转移对象：代罪羔羊。不过还好老爸修养真的很好，心情马上沉淀下来。我下楼去开始静坐练瑜伽，听佛乐念法号，阿弥陀佛啦！谢谢你让我走向顿悟之路，佛法无边，色即是空啦！带屌修行或许是一种错误，我心中有一股悲壮的声音对我说：不如挥刀自宫，落个六根清净吧！

身体发肤，受之父母，刚刚挥刀自宫的想法太不孝了，算了……嗯，好奇怪，昨天小廖又给我那几片 VCD，美乃菜菜子的好料，我放哪去了，现在想看却都找不到，该不会又被你妈丢掉了吧……该死，有够夭寿，浪费讨债喔！我赶快去小区门口的大垃圾桶找一找，要是晚了一步，等一下就被警卫抢先拿走。大夜班的那个老兵警卫，听说都是靠看 A 片来保持整夜精神亢奋的咧……

第七堂课：打破一切阶级与形式主义

亲爱的小虹，我除了希望你充分对自己的女性身份感到骄傲之外，也十分期许你长大后能真正做个不卑不亢的台湾人。就像美国作家亨利·米勒在法国巴黎说过的一句话："不要只是看到一个裤裆夹着一根大老二的外国人，女人们就主动投怀送抱！"

爸爸在法国三年的生活有许多感触，回台湾之后跟别人聊天，最忌讳一句话："我跟你讲喔，人家法国人怎样怎样……哪像我们台湾人都这样这样……笑死人了！"我也喜欢法国，但我生来就是台湾人，法国人也不会因为我说得一口流利的法语就把我当法国人，所以让我来说一些法国留学的所见所闻吧！这不是在丑化或唱衰别人，只是以后你有机会出国留学的话，也要学会用这种反思的人类学角度，去看待世界上所有其他国家的文化。

你听说过法兰西共和国的阴暗面吗？让我为你敲响"哈法族"的警钟吧！当你看到报上刊登，"台湾留法女学生身中四十二刀，在异乡巴黎惨遭杀害"时，你知道有多少怀着留学美梦的台湾游子，在梦幻之地坠入唐人街的卖淫皮肉生涯吗？

前法国外交部长杜马与台湾政府，涉及了世界上有史以来最大最肮脏的"国与国贿赂军售弊案"，杜马的情妇锺古夫人在法庭上忿忿地说："这些道貌岸然的法国人，疑似是国际级的诈欺犯。"让我们试着用逆向思考的方式，想想关于法国的种种真面目，这一切，是你不可不知的另一面法国！

严格来说，法国人是一个神经质的民族。他们的对答方式很奇怪，永远都是在一种互相反问反答的过程中进行的，然而却永远没有结论。

在街上，在课堂上，在酒吧里，有时候你会有一种错觉，怎么每个法国人讲话都是拼命耸肩、撇嘴、摇头，简直就像斗气吵架一样。当然，他们的音调比起意大利人或西班牙人，是小声了一些，可是你千万别真的以为他们在争吵，他们其实是乐在其中。有一次我跟一对法国夫妻开车出门，沿路上他们俩你一句我一句，用一种法国式的神经质及接近歇斯底里噪郁症的斗嘴方式吵了一整路。后来晚餐聊天时，他们问我对法国人有何印象。我说："好像每个人每天都要自我唠叨和与人唠叨斗嘴一番，而且每个人的意见从来都不一样。"他们听完后相对而笑，回答说："可是我们乐在其中喔！"

由此可知，法国人对于我们亚洲人这种有问必答（常常答得太多），而且谦恭温驯的儒教式点头答礼，凡是他们说什么我们都说 oui（yes）的应答方式（当然有时候是因为我们口语及听力能力不足,而不知道怎么回答的缘故),产生了某种程度的奚落与不予置评。他们会认为:"怎么我说啥您都说好,您是真的想说好吗?您要是觉得不好就直接说不好,要是听不懂的话更不要装懂,真是搞不懂你们这些小眼黄肤的民族,表面上唯唯诺诺,葫芦里不知卖的是什么药?"

一个以自我为主的低信任度法国社会

一位名叫 H. Ahlenius 的法国作家,曾经针对法国人的极端个人主义做过如此的批评:"在法国,个人主义已经常常变成了公民道德意识的公敌,尤其是在愈关键的时刻,个人主义扮演的角色反而愈明显。"

日裔美籍作家弗朗西斯·福山也曾在他的《诚信》一书中谈到,关于法国人的面对面关系,他说:"法国人的彼此信任度很低,而传统的法国中产阶级更是以自我为中心,最关心的只是本身的地位。而法国传统文化深层结构里,本来就很不喜欢人与人之间面对面的关系。虽然一七八九年法国大革命推翻了教会与封建,但是阶级贵族的意识至今仍然存在,不同阶级老死不相往来的情况也未曾改变。"

的确,来到法国读书之后,深深地感受到这种法式个人主义所带来的疏离与冷漠。而且我发现这种疏离与冷漠,通常会很矛盾地伴随着人与人之间极度有礼貌的言行。来自传统儒家社会的我,根深蒂固地认为礼貌的表现通常必须发自内心,并伴随着诚心与尊敬。但在法国,礼貌的表现却是用来与人划清界限与界定彼此阶级不同的工具。

举例来说，法国人每日说早安您好的次数非常之多，但是当我响应他们时，却往往搜索不到一个诚恳交流的眼神。他们说日安好像已经变成一个社会加诸他们的义务，代表着他们受过教养，但是他们却极力避免眼神的交流，以防止更进一步的接触。但是台湾人不同，说声您好时还要伴随着点头的动作，问对方吃饱没，并看着对方的响应以便进行下一步的对话。因此，我在法国常常不能适应这种表里不一的法国式礼仪。

由于我在法国常常会错意、表错情，后来学乖了，跟同学说声早安后尽量闭嘴，除非是人家主动问我问题。结果我发现，上课前几分钟当十几个同班同学在教室门口等钟响时，通常他们都是猛抽烟，在烟雾迷漫中只有一片死寂，不会有人像台湾的大学生一样，开始呼朋引伴，为晚上去哪里唱KTV而讨论不休。

为了进一步了解这些忧郁沉静的法兰西民族，我开始在书本中找寻答案。根据历史学家的考证，法国一直到十六世纪路易十三时，才开始有所谓的宫廷礼仪。这种宫廷礼仪强调的是男性贵族对仕女的骑士精神礼仪，以及各个小公侯国的贵族对君王的礼仪。因此这种带有阶级识别性的礼仪，虽然由十八世纪的中产阶级传播到各个阶层，但是在法国大革命以后，由于个人主义自由平等的精神兴起，开始与这种界定尊卑的礼仪产生冲突。

现代的法国礼仪仍保有过去繁文缛节的形式，但是其中人与人之间的真诚尊敬已经淡化了，因为法国人认为，人与人之间的尊敬，其实已经包含阶级的高低之分了。他们可以对您在语言表达的形式上十分礼貌，但没有必要在态度上对您百般尊敬。日本式的九十度鞠躬礼，台湾式的拼命点头微笑，都是法国漫画中取笑亚洲人的对象。因为在法国，不管您是教授或是长者，都是一样的阶级。这跟中国讲究的五伦、尊敬长者和老师等的传统完全不一样。

在法国，让座给老人的场面不很常见，十三四岁小伙子殴打公交车地铁司机的案子特别多。上课时听得不顺心，想插老师的话时，根本不会有人举手，高兴吐槽两句就讲两句。电视上有辩论节目时，通常是你一句我一句，大家一起吵，人人只想表达自己的高见。法国人的自我意识特别浓厚，但对接受别人意见的程度却比较差，所以法国人的思辨能力往往都很强，因为当他们与人讲话时，脑中想的却是如何把你刚刚说的话驳倒。

一群寂寞孤单的法国灵魂

热爱健身运动的我，到了法国的第一件事，就是到处打听哪里有健身房，好不容易找到了一间距离住所不远又便宜的地方，便兴冲冲地缴了年费开始每日规律的健身计划。还记得第一天进健身房时，我很惊讶地发现，每个进来的人几乎都会公式化的照例以一种法国式的礼貌向每个人握手道 bonjour（日安），当时我觉得这真是一个富而好礼的国家，看着看着久而久之，我也学着照做。但是我后来发现，在法国这个仍保存有中古骑士精神的国家，对于同性之间握手的定义，跟我们稍许有点不同，它代表的最主要意义是：我的手中没有武器，我们的握手代表着彼此无敌意的存在。因此握手的力道不用太重，甚至只要用五根手指轻勾一下即可，而握手的同时，眼神的有无交会也代表着几点意义：

一、熟识的朋友间，握手时眼神会彼此交会，并问候闲聊两句，例如：您好吗？谢谢，我很好，您也好吗？很好谢谢您……一阵沉默之后却谁再也不理谁。

二、不熟的人通常只握手而不看对方。

三、注意，不熟的人如果太过于专注地看着对方，常常代表着同性恋间彼此确定对方性向的讯号，所以千万要小心，不要乱真诚一把地看人，除非您是圈中人。

以前由于我每次都会诚恳面带微笑地与人紧紧握手，因此曾经被一些同性恋者视为同道中人（因为在法国，男同性恋的外表通常不会表现得很女性化，性别的认同与判断，伪娘与真娘，相当混淆不清），慢慢，我得到了教训后（俊俏的我常常被人深情款款地望着），便学会了如何与人握手而不看对方。

在健身房里，人们很少会主动要求你的帮忙（如果有时候你太过热情主动上前帮忙时，反而会惹人不高兴，他会觉得被小亚洲人矮化，彷佛伤到他的法国公鸡自尊一般）。整个健身房就好像是一座小型精神病院（跟现在的台湾有点像），不管你是环肥燕瘦，大家都想来这里，或展现出自己美好的外在身体条件，来为自己建立信心，但内心也渴望与人接触。故作冰霜的冷漠外表下，里面关着的却是一群有着孤独寂寞灵魂的人。一方面小心翼翼地维持着人与人之间的平行关系，但另一方面，又怕自己如果先踏出第一步的话，会受到伤害。难怪，有一阵子法国人的自杀率在欧洲仅次于芬兰，而每个人大量服用镇静剂及安眠抗忧郁药物的风气，也造成了国家医药保险上沉重的财政支出。

这是一个灵魂极度空虚的社会，每次当我走在法国古色古香、一尘不染的街道时，总觉得这里的确是安静又漂亮，但也显得有点萧瑟冷清，比起台湾少了点人味。这里商店关门的时间很早，天色一暗，铁门全都拉下，只剩少数的橱窗还有灯光。路边多的是穿戴整齐独坐发呆的老人和他的狗，街角一定少不了年轻却眼神空洞的乞讨流浪醉汉（也是和他的狗一起）。尿骚味扑鼻的地下道，七横八竖躺着年富力强的壮汉和酒罐，夜幕低垂走在旧城区的小巷道时，则要提防被年纪宛如我祖母般浓妆艳抹的老妓女拖进屋里。

旧时代维系法国社会的力量主要来自于教会与家庭，但如今这两种力量都已日渐式微，一夫一妻制快要全然瓦解，法国新生儿有三分之一都是非婚生子女。个人主义的思想高涨，使得离婚率高居不下，使得单亲家庭比比皆是。

法国人爱诉讼也是有名的，举凡度假时旅馆的设备跟原先的描述稍有出入等小事，都会写信申诉的（台湾人现在也有学到这点喔）。因此在这个讲究高度法治极端个人主义的国家，人们皆各行其是，凡事皆由个人直接跟政府摆平，失业没钱找政府拿，生了孩子政府出钱帮你养。因此法国人根本不用像台湾人一样，必须搞好人际关系，与人为善或以和为贵。在这里没有东方社会讲究人情的包袱，也没有东方社会人治儒家制度中，所要求的那种阶级尊卑及谦让包容，凡事绝不站在别人的角度、先设身处地替人着想。

在法国人人先替自己着想（我很认同这点），不过他们缺少一种如何开启别人心中的缺口的能力，因为他们大多的时间，是自己处在一种半自闭的自言自语封闭状态中。一方面他们不想干涉别人，另一方面也是不想别人过多介入他们的生活。每天生活的第一件大事就是去开信箱，看看政府补助金入账了没。甚至在每年的假期中，也有夫妻会选择分别去不一样的地方度假。

有份调查指出，法国夫妇在分别去度假的同时，外遇的比率相当高，但通常在假期结束后，这段出轨的恋情也会自动结束，不会妨碍到之后的正常家庭生活，而且夫妻彼此也不会互相过问。更特别的是，婚姻外的性关系（台湾称之为通奸罪）在法国不算是违法的，让我羡慕得要死。小虹，后来我跟你妈妈提过这个建议，不过却被她狠狠地打了一个大巴掌。爸爸错了吗？爸爸想要去度假错了吗？爸爸想要一个人去度假错了吗？

我的好女儿，亲爱的小虹，这一篇文章会不会突然让你觉得老爸其实还蛮有深度的？其实我偷偷告诉你，如果我的人生可以重来一次，我会选择当一个人类学家，就像美国总统的母亲一样。人生不止有我在这一篇跟你说的七堂课而已，只是这七堂课，是我认为一个完整人格基础形成时，必须要具备的人道主义精神。爸爸是一个过气的老左派，一个现在只能搞笑的无能左派，但愿以后你也能够成为另一个。

第二篇

写在深夜产房生下你之后……奶爸卡卡仁波切如是说

有了这样一个低级粗俗的老爸,亲爱的小虹,对你而言,是福不是祸。

以后不管你长大干了什么大事业或者小勾当,你都会比我强,你绝不会比我低级,低级是老爸的强项,你如果真有本事比我低级的话,爸爸也会以你为傲,叫你第一名。爸爸的卑微人生,平凡无奇的高不成低不就,不会让你在成长过程中感受到任何压力,你可以看不起我,最好是唾弃我,然后远离我,有一天……你才会真正理解我!

关于奶爸的一段练习曲

有些事情现在不做，那么你永远也不会去做！

电影《练习曲》的这句对白很有问题，并且害了很多无辜少女，基本上这句台词我过去年轻时已经用过许多次，是老梗了。最经典的一次是刚认识你妈妈的时候，那天是情人节晚上，我们躺在阳明山擎天岗的大草原上，地上铺着毯子，烛台的晕黄柔光映照在红酒杯上摇曳闪烁着，整个场景的精心铺陈设计，传说中那匹擎天岗之狼的标准作业流程 SOP，这就是"出大条代志"的前兆。在花前月下的美好浪漫气氛中，我就是说了"有些事情现在不做，那么你永远也不会去做"这句话，才骗了你妈妈上当而遭我毒手，旁边水塘的擎天岗水牛群可以出庭做证。所以小虹，你要小心喔，以后绝对不要相信任何男人讲这句屁话，愈是诚恳，愈是不能相信。要是遇到有人用着视死如归的口气跟你说"有些事情现在不做，那么你永远也不会去做"的时候，我教你用下面这句话回答他："冷凉卡好！你说得没错，但是我现在绝对不会跟你做，Never ever and forever！"

水喔，漂亮，爸爸永远跟你 together。

好啦，回到正题，我讲话就是很会乱跳 tone，天马行空，胡思乱想的典型神经病，不过也正因为如此才蒙混到一座广播金钟奖。话说爸爸在前文已经把我童年与长大后的心路历程讲了一大半了，不要觉得我很烦，讲那些无聊的五四三，一下子讲些深奥难懂的种族主义，过会儿又谈什么代罪羔羊和喜羊羊，哈欠连连了啦！

喂，没礼貌，正经点，你现在是我的心理治疗医生，我向你吐露我的童年心灵创伤，然后我得到自我疗愈的效果，或许可以减轻我现在的精神病病况（虽然我不承认，可是你妈总说我有病的）。你前世就是一只会治病的狗医生，所以你应该不会介意这辈子听我唧唧喳喳地讲废话吧！

我承认，一开始讲了太多我跟你妈妈之间的爱恨情仇与床笫情话，我是怕大家以为我很低级，low 到最谷底，为了扭转大家对我的负面形象，我必须在适当的时机转型，把我的深度与内涵拿出来好好表现表现，不然会让大家对爸爸建立一种下流的刻板印象，了解吗？

该是谈谈你的幼儿期是如何跟我厮混度过的，爸爸怎么陪你度过每一个夏冬晨昏，你是用尽多少吃奶力气跟我斗智斗力对抗，让我最后终于把你斗到昏倒，然后乖乖睡觉不吵。我却又如何努力运动健身，保持我的身心最佳状况，让爸爸大头小头都好壮壮地等你健康快乐长大，介绍女朋友给我，尽点绵薄孝道慰劳老爸。

爸爸原本是一个自行车迷，参加铁人三项的好手，我最喜欢的偶像就是美国那位拿过七次环法自行车冠军大赛的阿姆斯特朗，所以我也很喜欢别人叫我阿姆斯特朗这个外号，但是我绝不允许别人怀疑我的性能力跟两颗睾丸是不是有问题。因为美国车神阿姆斯特朗是一个得过睾丸癌又离过婚的男人，他还是如同神迹般地复出，他的不朽精神永远与爸爸同在。

  我用田野调查的人类学法则研究过，为何台湾男人最近这么爱骑车的潜意识心态，因为许多结过婚的台湾男人到了一定年纪，大概是四十岁，襁褓中婴儿会占据老婆的所有注意力，或是骄纵过度的小孩正在读幼儿园，每天只会吵闹，而略微发福的前更年期老婆每天都性趣缺的时候，便会想点舒压的管道出口，发泄一下残存于体内已经降到最低点的男性激素。

  心念一转，男人的脑袋便会开始胡思乱想，总该骑点什么玩意儿吧！男人的天性就是喜欢骑着某种会动的东西，既然老婆不让你骑，勉强让你骑却又要死不活，外面的女人又骑不得，因为俗语说得好，上马容易下马难，那只好骑辆自行车过过干瘾顺便练身体，虽然这辆自行车不会边骑边叫，咿咿呜啊啊（别误会，是链条生锈的怪响声），但至少应该是不会闹出人命关天的绯闻糗事吧！

  原谅我，小虹，老爸好像什么事都要用弗洛伊德的"性的原罪和欲望的本能驱动力"理论来做解释，各种双关语和隐喻都围绕着"男人与性"的主题打转，那是因为一般的父女根本不会去谈这些禁忌的话题，我则是从小就跟你一五一十地坦白，而且不是倚老卖老地用老人家告诫小孩子的口气对你说，我是教训我自己，在你面前立正站好反省自己。现在各种信息管道太多元化了,你到便利商店花十五块钱就可以看到所有可怕的社会真实黑暗面,许多父亲不懂这个道理,直到有一天,女儿到了青春期,开始在网络认识一些奇奇怪怪的朋友,谈一些乱七八糟的问题,那时候父女再来好好谈心已经来不及了。

让我们回到自行车这个话题。自从你出生之后,我再也没有揪团去骑车了。你千万别内疚,原因不只是因为我把空闲时间拿来照顾你的关系,最主要的是我很怕跟一群人出去一起骑车了。奇怪,以前我很喜欢车友们吆喝瞎起哄,怎么突然转性变孤僻了呢?

因为问题还是在于你,但我必须再度很谦卑地感谢你,是你,彻底且根本地改变了我的人生观,我不只是变娘了,变得喜欢享受孤独,也看破了男人的肤浅与自大。首先跟你报告一下以前揪团骑车的心理层面分析,慢慢到后来,我逐渐放弃跟一群无聊男人混在一起的经过,以及最终选择只有跟你一起享受骑自行车的心路历程。

想想看,当一群穿着紧身车衣的大肥肚中年男人,牵出那辆经过精心打造改装的爱车时,男人的心中最在意的事情就是"比较"。比体力的话,有的中年大叔真的没办法跟年轻人较劲,只好比较身上的配备和爱车的高档身价。我有一个车友,平常没有运动习惯,每次出去都是最后一名,于是他认为一定是车子的问题,从一万块的小折,现在换到了一辆二十万的意大利毕昂奇纯手工碳纤公路车,不过他还是觉得车子性能仍然有问题,每天花在擦车和改车的时间比骑车的时间多,而且擦车时一定把车牵出来放到小区最多人经过的中庭。这跟台湾男人假日最喜欢的休闲活动:洗车,在公共场所仔细擦洗家中那辆百万私家房车!两者心态都是一样的,爱现爱比较。

另外,当一群男人跨上铁马自行车准备出发的画面,像不像是中古世纪猎人们骑马准备出发去找寻猎物的画面呢?古时候的猎物有两种,等待被捕捉的动物,以及等待被俘虏的女人。所以谁能当领队,谁就有可能多带一些猎物和女人回家享用,这是人类远古以来基因演化的天性,不可避免地也会牵涉到阶级尊卑的身份与地位,老大带头,后面跟着一群铁马战士从路上呼啸而过,男人原始的金戈铁马征战大漠南北的草原游牧民族本能又找回来了。爸爸是最强壮的,当然都是一马当先,不过每次只骑一小趟山路就要等那些落后苦苦追赶的车友,好累喔!

最让男性车友赌烂在心中的是,我的铁人般超强体力,打击刺伤了许多软脚虾好友的脆弱自尊心;再者,有车友回家之后,晚上无法陪老婆,连走路都会腿软,害我被这些怨妇骂到翻:"你把我老公坏了啦!我不管,我不管,把我原来的硬汉老公还给我。"

记得你还在妈妈肚子里的时候,有一天我下定决心,准备跟爸爸心爱的小情妇谈最后分手道别的事(别真的相信我这些鬼扯蛋,现在我写的是一本小说,我讲这些风花雪月都是为了节目效果,你别当真),毕竟我也是准爸爸了,不能再荒唐下去了,孽缘要了结,情丝该斩断,剪不断就会理还乱,大了肚子每天都来家里乱,我的人生从此变得乱乱乱……于是厚脸皮的我便向这位妖娇性感的阿姨要求:再给我那个那个的最后一次……机会啦!

当时我已经意识到我的汽车车牌已经被征信社的侦探锁定了,有可能是你妈妈察觉到我最近的行踪诡异:常常若有所思地望着天空远处甜蜜地傻笑,眼神闪烁而且又心思不宁,手机偶尔会出现不明来电显示和暧昧简讯,晚上也不再偷偷去床边烦她,事出必有因,爸爸可能卡到某个风骚阴,所以你妈妈决定要把我人赃俱获,捉到小区门口递烟送槟榔给大家洗门风……以正视听,端正社会善良风气。

加上我的房地产、不动产、基金股票全都已过户到你妈妈名下,我可不想日后沦落到街头当台湾犀利哥,所以为了把握这珍贵的最后一次那个那个,人生中最后一次的外遇激情与出轨美好回忆,保险小心起见,我跟情妇见面时决定不开车会合。我们都先把车开到大直美丽华附近的某个大卖场停好车,然后把车上后座的自行车抬出来,穿上车衣车裤,头上的安全帽一定要戴,加上密不透风的挡风面罩与太阳眼镜,我跟情妇的全身只露出能够勉强呼吸的鼻孔而已。然后我们先各分南北两头到河滨公园骑一圈,她骑往士林,我骑往南港,确定没有人车跟踪,再回到美丽华旁边的薇阁汽车旅馆直接骑车入房。记住,慢慢骑,不能快,否则等一下又会没力,要是不小心路上遇到电影《艋舺》的大明星阮经天,你就"软很大"喔!很高招吧,当初吴立委学我这么做就不会被捉到,太招摇开

BMW X5，别人想不注意你都难喔！

　　这次的忍痛分手是我为了迎接你的到来，所送给你的第一份礼物，我深知作孽多端必有恶报，夜路走多一定会碰到鬼，所以及时收山金盆洗手来重新做人。小时候有一次你的奶奶带我去算命，算命仙说我先天带双妻命，小便尿尿的弹道也会开双岔（台语叫做"必双妻"），果然，长大后，我尿尿总是会双管齐下乱喷，无法对准某个具体的目标，这更加深让我相信对于自己"不幸"的双妻命这个说法。但是后来我又遇到一个算命师找他化解这道双妻关卡，他说只要我能够生两个女儿就能够摆脱双妻命的前世宿缘，所以现在你来找我了，我也该把现世的双人枕头齐人之福"恶梦"摆脱掉了。

　　（PS：算命嘴，胡咧咧，千万不要相信。男人只要想找借口，就可以随便编一百个借口胡说八道给你听。）

　　还好那个女人明理，谅解我的苦衷，爸爸重获自由了（其实是我的手上握有她的不堪录像带证据，威胁她要寄给全世界的人看，我才能安然脱身）。

　　（PS：长大后要特别小心那些喜欢乱拍照的男人，以前有个T台男主播很喜欢拍他跟女主播同事的亲密画面，他真的就是我的同班同学。）

　　回归正题吧！忘记按时吃药的爸爸刚刚又在编连续剧了。（我再次强调那纯粹是为了节目效果和本小说的戏剧张力）你刚刚满三个月的时候，脖子变硬了，偶尔可以抱着你出去外面走走逛逛，我真的不忍心放下你跟妈妈在家，自己跑出去骑整天的自行车。既然喜欢骑车，又舍不得你，于是我在你满三个月时，发明了一招背着你骑脚踏车的方法。

　　三个月的小婴儿脖子还不够硬，无法坐在脚踏车前座的婴儿椅，承受地面与轮胎颠簸的晃震力道，所以我上网买了一个好贵的美国进口登山婴儿背包，这个后背式登山背包可以把你安稳地固定在我身后，而且你的头部高度还比我高出一截，可以看得比我远喔！你看看，爸爸从小就培养你用不凡的巨人高度来看世界。话说给小孩子什么样的高度看世界，小孩子长大后就会站在那样的高度，不是吗？接着我换了一辆双脚可以随时踩到地面的小一号折叠车，行进速度会很慢，但至少可以随时稳住车子，以防发生突然危险状况。最后我又进阶地牵出家中的两只犬米亚和白白，边带你骑车边遛狗。

　　一开始，你总会好奇地看着前方出现的人物与风景，咿咿呜呜的牙牙学语，发出些奇怪的声音学说话，我也会放慢速度地告诉你左边这是花，右边是树，你便会聪明地试着发出"花与树"的声音，但是含混不清的音阶听起来还是有点怪怪的。我会轻柔地告诉你脚下跟着我们的是米亚与白白，她们的妈妈叫做"多多"，那是一只好棒好乖的母狗，多多是爸爸这辈子最最喜爱的一只狗，我亲手把她养大，但是我也亲手把她的一生……结束！

　　"多多！多多！"

　　我不敢相信，小虹你这辈子第一次所会说的两个字竟然是"多多"，我刚刚没有听错吧！我缓缓地把自行车停下来，将米亚和白白的狗绳挂在路边电线杆上，下车后把你和后背包的脚架轻轻地放下立好，却发现流着口水的你，已经带着甜蜜的笑容安稳地睡着了……爸爸的两边鱼尾纹眼角，这辈子第三次热泪盈眶！

黑道进行曲之义气是三小

　　记得之前我约略跟你提过爷爷的事，他是个角色，一位人物喔！爷爷从小生长在彰化的穷乡僻壤，一个福佬客的村落，讲台语但不会讲客家话，不过还是有客家硬颈精神，所以遗传给爸爸的基因也是一条硬汉，全身硬到底。爷爷到金门外岛当兵的时候遇到八二三炮战，九死一生回来后开始闯荡南北二路，不但脑筋反应快，而且做生意的眼光也是快狠准。我小学五年级的时候，家境已经从小康变大户，我还记得有一次跟爷爷开车回乡下，后车厢装了三个大麻袋的现金钞票，沿路不停地下车进到几位亲戚家中，替几位叔叔把向别人借贷的款项一一还清。

　　"看，五十万是不是，阿明是跟你借多久没还，催这么急干嘛？连本带利我来替他还，又不是存心赖你钱，看不起我们家是不是？"爷爷讲话的嗓门和挥舞拳头的气势，足以让人闻风丧胆。

　　"这边一百万，顺便我把地契都赎回来，别想打我家祖产的主意，这些田虽然不值钱，至少是祖地。"

如果说爷爷今天赚了一千万，照上述这样替亲朋好友解决债务的方法，他大概会帮人还一千一百万。但这就是亲情的包袱，所谓的义气，一生之中你所摆脱不了的纠葛。爷爷前半辈子算是苦尽甘来，在三十年前台湾加工出口快速起飞发展的同时，彰化地区的纺织商人可以日进斗金，可惜，爷爷的后半辈子并没有从飞黄腾达之中低调看破淡出，朋友害了他，投机害了他，成也钱，败也钱，一切都是因为钱。所以我必须借此跟你谈谈，那就是所谓朋友的义气，以及对于金钱的价值观。

　　爸爸并不混黑道，爷爷也不是黑道，但我从小的生活圈子跟黑道有很密切的关系，身边很多人都对外声称有各式各样的黑道背景，说穿了，黑道背景就是拿来吓唬人用的，一个人带种的话，到哪里都吃得开，不用带着一群痞子在后面跟班，没事乱呛自己是某某帮的堂口老大，动不动就夸口说可以帮你"乔"事情。

　　我有一位好朋友是从小混到大的中部纵贯线大哥，好多年前，他当时是在纵贯线混得最好的时候，有一次他想去法国玩，回来才可以向小弟炫耀一下，但又想耍酷不跟旅行团，所以我便带他去法国自行开车玩了一个月，他到了法国之后像个哑巴一样，一句法文都讲不出来，连法国餐厅服务生都会忍不住想要欺负他这个老土蛋，进到餐厅坐了二十分钟，服务生才姗姗来迟地倒水点菜，他屁也不敢放一声，他在台湾可能早就掀桌子叫老板跪下来了。

　　为了消消他肚子里的火气，我帮他点了一瓶九三年，单宁醇度特浓口感厚重的波尔多红酒，侍者帮他的高脚杯斟满酒后，他竟然要我帮他要几颗酸梅和冰块好加在红酒内，当场让我哭笑不得，原来，一个人是否能上得了台面，一出国就露馅了。

本来他在台湾到处请我去吃香喝辣的时候是威风八面，比如说到了麻辣锅店，马上大摇大摆进到特别为他保留的 VIP 包间，女服务员前恭后倨地争先上来为他服务点菜。

"大哥，好久不见了，今天汤头要多辣呢？"

"你有多辣？"

"大辣、中辣和小辣！"

"我要……嘻嘻，跟你一样辣。"

"这……"

"不不不，所谓人比花娇，你比汤辣，妹子要比汤头更辣啊！哈哈哈哈！"

以上的对话就可以看出一个混混的劣根性，不是吗？

后来回国后他跟我说，原来他在台湾，要多辣有多辣，但出了国就是个俗辣，一个只会在自家地盘鱼肉乡民大小声的超级俗辣。人真的要学会谦卑低调，如果在法国的巴黎小巷弄，突然有两三个法国混混出来把我扁一顿，要是我还白目地跟他们回呛："好胆麦走，你们不知道我是北竹帮的细汉 Taco 吗？"相信他们根本也不会鸟我。

这就是大部分黑道的本质：地痞性格！横行乡里的蓝白拖鞋台式打扮，左手槟榔右手拿硬壳的黄长寿香烟，在台湾无人能挡，结果到了巴黎卢浮宫看油画的时候，却被工作人员大喊："先生请你不要吵，也不要用闪光灯照相。"

还有一点，他们怕落单怕孤单。以后你在路上仔细观察观察，台湾的街上有两种人最爱讲手机，第一就是黑道兄弟，第二就是外籍女佣。

在台湾，黑道无所不在，你在街上不小心撞到人，对方很可能会恶狠狠地说："看，你不知道我爸爸的朋友的爷爷的乌龟的孙子是谁吧！"（此时你心中的OS，答案就是"龟孙子"。）

太扯了，台湾枪淹脚目，走在路上都可能遇到旁边有人试枪，一不小心就被流弹射伤。不过，这些号称"黑道"的角色会用各种你想象不到的形式出现。在市井街坊耍流氓的小地痞，只能勉强算是混混；而在乡下有头有脸的角头，则会化身变成地方和民意代表。你从懂事之后，将会面对黑道无所不在的威胁，在小学霸凌你的小坏蛋，可能就是因为他爸爸是有黑道背景的大哥级人物，才敢在学校如此嚣张；在小区篮球场跟你抢场地的小恶棍，或许背后就有一个组织犯罪型的帮派让他当靠山。

还记得爸爸高中时是一个篮球场上的风云人物，外号叫做哈比族的。每天下课之后，我都会带着心爱的篮球到小区的夜间球场报到，我跟两位好搭档小牛和小马，打挂一票三对三斗牛的队伍，成为小区篮球场的天下第一无敌手。有一天，来了一群满脸横肉的小流氓，撂下狠话要找我们单挑。

"听说你们很屌是吗？"

"是又怎样？"

"一局比六球，五战三胜，除非倒地流血，否则不喊犯规，敢PK吗？"

"谁怕谁？蟑螂怕拖鞋，乌龟怕铁锤哩！"

球赛开始了，不过那根本不是打球，那是摔跤。小牛和小马已经是满脸鲜血，对方用双手猛力地针对我们的头部架拐子，分明是来找麻烦的。最后我索性把篮球往对方身上一砸，不打了！

"你说不打就不打吗？"其中一位长得最粗壮的家伙说道。

"不然你是要怎样？"爸爸也算带种地回答。

不过说时迟那时快，对方马上从旁边草地上拿起砖头和石块，朝我们三人疯狂地猛K过来，小牛和小马立刻倒在血泊中，而我仍然在负隅顽抗。就在生死交关之际，出现了一群穿着黑衣的壮汉，拿着棍棒的他们，只是虚张声势地吆喝几声，就把这几个小流氓赶跑了。

"没事吧，我叫熊哥，以后有我在，别怕！"出手相救的大哥够义气地说，"以后我来罩你们，你们在这边打球没人敢来乱。"

从此以后，这个被染黑的球场成为北竹帮的地盘，一个健康运动的球场也成为黑道吸收手下的地方。黑道不只是会去网咖找一些跷家小孩，他们也会去球场找一些喜欢打球的富家子弟，设计各种桥段与这些未来的大肥羊称兄道弟，有钱人家小孩子一旦染上毒品恶习之后，绝对是一株可以削翻了的摇钱树。

除了我之外，小牛小马和几乎其他所有的孩子，都成了堂口的小弟，小牛小马也摇身变成让人闻之丧胆的牛头与马面，他们把球场当做是自己家的主场，外来的球友根本不敢进来打球。后来他们帮熊哥去外面围事，也到学校贩卖安非他命，熊哥成为大家眼中的英雄，全小区最罩的老大。过几年我才知道，原来当初那群跑来跟我们单挑篮球的流氓都是熊哥的手下，他们设计的这种好汉打坏蛋的伎俩，已经在小区附近吸收了好多小弟入帮。

这就是黑道，这就是可能以后他们会用来对付你的手段。慎选朋友是很重要的，如果有人没事喜欢问你爸做啥工作，老爱打听你住在台北市的什么好地段，请特别小心，这些人是不怀好意的。交朋友是透过认识彼此的真诚坦白，来达成某种程度的共同互相了解，所以在你年轻时所交的任何朋友，都应该建立在这样的基础上。

有一天，读中学的你，应该已经长得落落大方了吧！男孩和女孩互相吸引进而交往相爱，是一件美事，我不会禁止你去追求爱，也不会阻止你跟谁交往，你打从出娘胎后就是一个独立的个体，不属于我了，就像你刚满一岁学走路的时候，就很坚持不需要我帮忙搀扶一样，你有你的想法。我所说的一切，只是我的个人经验谈，负面教材的最佳茶余饭后搞笑材料，你参考参考就好。

受伤也是人生的必经过程，一辈子不可能平平顺顺无风无浪，人总是免不了会误判情势，甚至看错人，不过受伤之后要培养自我疗愈的能力，赶快好起来。社会是个大染缸，旁边会有许多豺狼虎豹在对你虎视眈眈，随时设好各种陷阱让你往里跳，该坚持就要坚持，该出手就要出手，该放手更要学会放手，唯有黑道是碰不得，跟黑道扯上关系，完了，毒品、交易、堕落与毁灭……

至于金钱的价值观方面,老实说,爸爸不算有钱,但是绝对不会在别人面前假装阔气或是哭穷。朋友有通财之义,这句话是说给白痴听的;男女有通奸之实,这才是现实生活残酷的硬道理。男人之间要是不幸扯上了金钱关系,小则伤和气,大则让你倾家荡产;男女之间万一搞上了暧昧关系,轻则告上法庭,重则闹出人命。

爷爷过世的时候,曾经欠钱的那群亲朋好友完全没有出现,没打借条的烂账一笔勾销,以后直接到地府用冥纸买单。我在灵前则是默默地想着爷爷风光的过去。

记住,爱装阔的人,十有八九都是空壳子。不信,有空到台北信义区的华纳威秀附近豪宅群看看,很多出入豪宅的车子都是普通的车,真正的有钱人特别低调,出门甚至还骑脚踏车。换个场景,你到台北县偏远郊区的平价别墅瞧瞧,奔驰车的比例非常高,这些人住价值五百万的普通房子,但是拼死也要开两百万的车子,为什么?因为他需要开这辆高级名车出去调头寸,借钱,或者是去当铺,这辆车是他微薄可怜身价的唯一品牌和保证。

另外,爱哭穷的人并不是真的穷,他们只是爱占别人便宜。这种人十分善妒,逢迎巴结,见风转舵,势利刻薄,绝对不要跟这种人做朋友。那该怎么去辨识出这些人的本性呢?一起吃顿饭就知道,而且一定要吃坐圆桌的传统合菜。先出去玩一整天,玩累点,让肚子饿到极点;菜一开始不要叫太多,分量要少要精致。然后你慢慢观察哪些人一上菜就拿着筷子猛夹,大口吃肉,绝不吃菜;哪些人是慢慢地扒两口饭,不疾不徐地夹着肉边菜，含蓄客气地等大家都先吃饱。

以上是认清楚人的一个方法，不管是装穷还是装阔，把人一饿，原始的本性就泄底了。

山不在高，有仙则灵；钱不用多，够用就好。不要用钱去衡量一个人，不要用长短的问题去评论一个男人，爸爸以后不会留给你太多财产，你也不要为了金钱而去出卖自己的灵魂，更不要让别人用金钱来决定与你交往的深浅，也绝对绝对不要想嫁入豪门第二代，否则最后除了几件泛黄的豪门子弹内裤之外，你什么都得不到。

语重心长，愿全天下的女儿共勉之！

大明星追梦曲：幼幼点点名症候群

太可怕了，根据一项公开的问卷调查指出，小学女生未来选择梦想中的行业，第一志愿竟然是当明星。物化、商品化，把自己当成男人意淫的投射目标，明星是这么好当的吗？爸爸说这些话的时候，突然间愤世嫉俗起来，变成一个老古板般的食古不化！

你跟姐姐从小都是美人胚子，有一次去动物园的时候，遇到了一个宝宝明星经纪公司的星探，看到你跟姐姐的可爱模样之后，不禁惊为天人，马上到我面前递给我名片。

"Excuse me, where is your boss?"

这位星探很奇怪，不知道为什么要跟我说英文，原来，他把我当成是来台湾顾小孩的外佣了。

"我是小孩的爸爸啦，有何贵干！"我的口气有点赌烂，因此在"贵干"的"干"那个字，有点故意加重音强调。

"不好意思喔，我看你皮肤这么黑又这么壮，我还以为你是……我也很纳闷台湾什么时候开始进口男性泰劳当保姆了，哈哈哈，真不好意思咄！我是宝宝星探啦，你家小孩子好可

第三篇　写在深夜产房生下你之后……奶爸卡卡仁波切如是说

爱,不当童星太可惜了。"

"她们还太小了吧!"妈妈在旁边忍不住插嘴说道。

"不会啦,这个年纪最可爱了。喔,你是妈妈对不对?这么漂亮,难怪小孩子如此可爱,可是你的女儿皮肤好白好粉嫩,爸爸为何这么黝黑粗壮呢?难道爸爸不是孩子的亲生……"

"喂,没礼貌,爸爸我以前也是很白的,小学时的外号叫做小张国荣,知不知道?"我有点生气地说。

因为孩子一生下来之后,面对各方亲朋好友舆论的怀疑声浪,我已经不胜其扰,开始有点动摇信心,认为自己的长相真的有办法生出这么可爱的孩子吗?老婆怀小虹前的那一个月,我刚好到日本出差,那段期间邻居小高曾经来过我家帮我喂狗,难道……绿帽疑云罩顶的人之常情总是免不了,我忍不住胡思乱想了起来。还好,最后好友小廖跟我说了一句"歹竹出好笋",顿时让我宽心不少。我也跟老婆再三讲过,放心,不管别人再怎样质疑小孩子跟我长得不像,我都不会跑去医院化验 DNA 的,一方面是为了证明我对老婆的信任,另一方面是……我真的很怕知道如同晴天霹雳般的事实真相……呜呜……

"开玩笑的啦,别生气,老爸你也很有明星样喔,很像那个电影哈拉猛秀的男主角,超有喜感的吔!说真的,你这两个女儿要是交给我打造一番,包准成为幼儿超女版的小彬彬跟小小彬喔!到时候你跟妈妈就在家当星爸和星妈,没事两脚开开赶苍蝇蚊子,专心数钞票就行了。"

这位星探舌灿莲花说得满天星光闪闪,一般没见过世面的

· 88 ·

父母，想要不心动也难。但老爸却是历经沧桑的老江湖，演艺圈的后台混过一阵，太了解那些媒体操作的粗糙手法，一开始都说得天花乱坠很好听，一旦签了约进入这个大染缸，最后便沦为任人宰割摆布的行尸走肉傀儡罢了。想想看，一个还不到三岁的孩子，叫他上着浓妆，穿礼服，在冷气超强、刺眼强光照射下的摄影棚，对着镜头重复二十次相同的动作，一待就是三个小时以上，这对小孩子的身心会有多负面的影响啊？累到哭就忙着哄他，好不容易哄到他安静，却又想睡觉，可是剧组人员又不能拖过棚内录像固定班表时间，必须让他赶快补拍最后几组镜头……这番折腾下来，小孩子慢慢地变得油条滑头生张熟魏，见人说人话见鬼说鬼话，日子一久，小孩子的身心受到极大的揠苗助长负面影响。告诉我，台湾哪一个童星的下场是健健康康成长茁壮的？成名后的压力、没有观众票房后的失落、吸毒、酗酒、离婚……一辈子只能活在童年的虚幻喝采声中。

"谢谢，再见。"爸爸淡淡地说。

小扉（Yvette）和小虹（Yvonne），你们不会怪我吧！就这样，我把你们这对"大小Y双人组姐妹花"扬名立万的机会搞砸了。终日活在镁光灯下其实是很假的，除非你们长大成人之后，肚子里真有点墨水和学问可以出来唬弄别人，就像那位"疯台湾"的美国麻省理工学院毕业的主持人Janet一样，内外兼修才德俱备，否则光凭外表，混得了一时，混不到永远。

请各位演艺圈的前辈原谅我这么说，女孩子进了演艺圈，很可能就跟进了酒店一样（当然也有出淤泥而不染的个案），一开始只是叫你乖乖的当会计帮忙算账，慢慢地就会叫你当桌边妹送酒送茶，等你拿到小费尝到甜头之后，大班和鸡头就会怂恿你下海纯陪酒就好，又不会跟男人干什么苟且的勾当！接下来，陪酒一定会认识一些火山孝子的恩客每天找你报到，恩客们就会拜托你陪他们出场纯逛街看电影喝喝泡沫红茶。过了一阵子大家熟了，你叫他哥哥，他叫你妹子，有人就会死皮赖脸硬拗你做出场，一万块白花花的钞票在你眼前晃啊晃，反正两小时带出场，眼睛一闭牙关一咬，那档事就莫名奇妙地 pass 过去了，有够简单你就赚到了买一个名牌包的钱。很好，你从此便万劫不复地坠入神女生涯无间道。原来，钱这么好赚呀！进了传播界（现在专门外送美眉到酒店坐台的公司都叫传播公司）当酒店妹，一个女孩子的生活与世界的连结，就只剩负责载送的马夫，围事保护的兄弟，一起拉 K 吃摇头丸的姐妹淘，暑假结伴到垦丁春呐劲歌热舞一番，可悲到最高点。

　　小虹你是不是有发现，听完爸爸说的这些事情之后，原来在我玩世不恭的低级搞笑外表之下，我其实很爱说教，对不对？还记得我说过关于"体制化"这个问题吗？在你还没有全部学会这个体制的运作规则之前，贸然地与体制冲撞，你将会鼻青脸肿满头包，可是一旦你熟悉了这个体制之后，并且通过了这个体制的各种残酷考验（比如说一连串的升学考试），你进而就可以掌控这个体制，甚至玩弄这个僵化的体制于股掌之间。小童星的命运只会被媒体与镜头当成木偶般地来操弄，靠着某种年纪特有的装可爱与卖弄外表身材，不会长久的。身为童星的父母，沉溺在虚荣的满足之中，一旦镜头镁光灯不再对小童星聚焦，这样的孩子将无法具备面对现实生活的能力。

话说现在演艺圈有两个团体让我很欣赏：台大十三妹与政大五姬。虽然台大校长批评这些台大女学生不务正业，跑去走秀当模特儿，浪费"国家"辛苦栽培她们的教育资源，但是我认为她们非常值得喝采。比起别人，台大与政大的女学生当然有更多的就业选择权，媒体与演艺圈的体制运作模式是怎么玩的，她们也比一般高中毕业想圆星梦的小女孩更清楚。任何一项正当的行业（演艺圈不违法吧），只要它的投资报酬获利率比其他行业高，而且又可以聪明地避开所有风险（在伸展台走光或是在展场遇到咸猪手袭胸），台大女学生为何不能进演艺圈呢？

向你坦白从宽一下吧，爸爸年轻时也想过要一圆星梦。我看了报纸找到一家名叫"六条通星光大道俱乐部"的传播公司，兴冲冲地赶快跑去面试。结果到了那边才知道那是一家日式酒店俱乐部，老板在报纸说是要找一群未来将到日本培训的巧虎队第二代（我们的制服图案真的就是卡通老虎），不过先要缴一笔五万块的服装费。如果条件够好，这两个月可以先在店内练习当服务生的技巧，这种服务生说穿了就是陪女客人的牛郎。我极力想要得到这样的工作职位，因为爸爸最喜欢"人生以服务为目的"这句格言，不过很不幸，老板嫌我太矮，不想用我。

我真的气炸了，不放弃地继续争取机会，结果老板心一软就叫我暂时到厨房帮忙好了，我说难道不能在外面做吧台吗？

老板还是坚持说，爸爸的卖相不佳，就像有瑕疵的 NG 水果一样，不适合摆在水果摊的最前面，拿去打综合果汁比较适合。自尊心受损的爸爸转头就走，不过这也挽救了我日后清白的声誉，成名后的我，没有把柄让人拿出来开记者会爆料打击，也没有在人生的成长路程中留下任何污点。

讲一点资本主义的游戏规则给你听。演艺娱乐圈是高度资本主义发展法则之下，以粉丝偶像崇拜的造神方式制造出消费社会最大产值与利益的一种策略。如果你当了明星之后，你必须接受不断地被人消费的命运，有人消费你还要很高兴，那表示你有价值；如果没有人来消费你，媒体也不刊你挖鼻孔的照片来消遣你，表示你过气了，准备降格到购物台卖东西吧！

所有的大小咖明星都一个样，每天不断地努力创造并提升自己的产值，所以我才说，靠实力的正派明星是让人尊敬的，就像周杰伦或邓丽君。你有本钱爱怎么赌是自个儿的事；靠搞笑和演技的也不错，就像九孔和白云，至少他自娱娱人，但缺点是人前人后很难调适，一不慎就失去自我，私底下容易沮丧忧郁。最下等的就是靠炒绯闻来哗众取宠引起注意的，没事自己设计桥段演戏，打电话找媒体来拍自己。最最最低等的就是，爆自己的料，爆别人的料，爆尽天下所有无稽之谈的料。

没办法，现代的小孩子都是看幼幼台长大的，幼教节目走向偶像化和综艺化，要你们长大后不幻想当葡萄和水蜜桃姐姐都很难。可是崇拜偶像是很危险的，就像崇拜任何穿制服的人都是危险的，其间的道理是一样的。因此我从小不会拿穿制服的警察和医生来吓你，多少小区保安就是穿着类似警察的制服，拐骗小孩子到楼梯暗处性侵害的，你知道吗？把老师当偶像也是危险的，下了课仍然追逐着老师身后，回家跟老师用实时通叮咚叮咚地聊一些五四三，这已经是超越人我分际的怪异荒诞行为，跟粉丝没事就追着明星到处赶场一样，很幼稚也很变态。

我不需要你去露脸当童星，来证明我很厉害我是星爸，等到以后你长大了，书读够了，眼界也开了，在某一个特殊领域成为学有专精的达人级角色，广播电台会用一个小时一万块请你兼差去开个谈话性节目，出版社也会高价请你写本书，电视台会请你做专题报导，企业会请你去演讲，商品会请你去代言，车商会请你帮他们拍新车广告，房地产建商会送你一栋房子来做卖屋名人效应的置入性营销。就像是律师谢震武一样、作家蔡诗萍一样，你懂吗？

如果你当了童星，几年之内帮我赚了人生第一桶金，走在路上随时有人认出你，跟你玩亲亲，让我心中暗爽到不行，没事我还可以跟记者朋友报告一下，平常我对你的教育其实是多么用心，吹嘘自己与你的亲子关系有多么贴心。星爸的虚荣心，果然是生命中不能承受之轻。慢慢地你长大之后，高壮的你已不再是可爱的童星，找经纪人谈新节目也没人要听，童星转型遇到瓶颈，为了接通告只好开始当谐星，当谐星不会搞笑又冷到不行，只好下海当波霸脱星；人老珠黄双乳下垂之后已经乏人问津，童星之路如南柯大梦初醒，病魔缠身只能在床上奄奄一息，对着人生的最后一个镜头说："我现在只剩两百块，我以前可是带给大家欢乐的小童星，大家请帮帮我们这些老艺人，请拿出你们关怀弱势的社会良心。"

对不起，早已作古在天上的爸爸，这时候已经帮不了你了！

小姐，你想当明星和主播吗？

四十岁的男人很闷，有了小孩子之后更闷，我每天睡觉之前都要重复念一百次"小虹和小扉我爱你们"，才能够自我催眠般地强迫自己安然入睡，告诉自己活在世上还有一点点意义。从月初到月底前一天，我总是当一个可怜的穷忙族，什么零工和案子都要接，为的只是能够多赚一点你的奶粉钱，这样过日子真的不知道明天在哪里。在月底那天接到所有的信用卡和水电费账单之后，我终于知道了，工作和赚钱的最大意义就在这里，把所有的账单付清之后，留下一点买啤酒和香烟的钱偷偷塞在口袋里，并且勇敢地告诉自己，明天还是要活下去。

不知道自己是不是真的看起来很狼狈，就算到超市很低调地买包木炭想要回家烤肉给你吃的时候，连柜台结账的小姐都会试着很小心翼翼地轻声细语对我问道："不好意思，先生请问你买木炭是要烤肉吗？还是……"

爸爸也曾想过走点邪门歪道多赚点外快，凭我过去在泰国学到的一身古式按摩指压绝技，帮人做点纯纾压的精油体疗工作，于是印了一叠彩色广告 DM 准备发送给有兴趣的路人，上

· 95 ·

头写着:"猛男到府油压服务,指上功夫了得!"结果竟然马上接到许多电话要我到府服务,不过一到现场,我立刻吓得夺门而出,原来是一群男同志。算了,指上功夫找不到出路,还是靠我"口技和舌上功夫"(逗口舌之快)的声音工作专业讨生活吧!

爸爸的嗓音和声音表情的确一流(面部表情则是太过猥亵),尤其是台语A片的配音更是惟妙惟肖堪称一绝。不过这种工作有点难为情,跟另外一名女配音员躲在小房间内看着A片哼哼哈哈的对嘴配音,过度投入剧情的时候,很容易跟对方擦出火花有了感觉,一旦Fu一来,就跟女人月经来一样,总是让人防不胜防。黑暗的小录音室中灯光美气氛佳,在夜深人静四下无人之际,很容易干柴烈火般地擦枪走火,所以后来你妈妈就禁止我从事这种原本是出发点十分良善,能够普度许多旷男怨女众生的慈善功德志业了。

后来透过一位朋友的介绍,我利用假日去电视台做一些新闻幕后工作,这算是正当工作赚外快了吧!又不是搞援交或是酒店围事,既不是黑道也不是黄道,爸爸走的是正道,没错吧,可是爸爸万万没想到,电视台的工作,竟然跟酒店坐台小姐的工作相似度这么高。关于这段故事暂且按下不表,后续再谈。

话说爸爸年轻时也当过执行制作,这种烂咖工作是打杂买便当都要一手包,甚至还要帮艺人跑腿买避孕药保险套,乱没尊严一把的。不过爸爸坚决不碰毒品,不会替艺人跟药头接触拿小包。小虹,为什么人家说演艺圈很复杂呢?这个问题让我来告诉你，你听完后再决定以后要不要走这条路，那是你的自由。

演艺圈复杂的地方是在幕后，幕前的表演很简单，你会不会唱和跳，临场反应快不快，口条顺不顺，主持人问你问题会不会乱跳 tone，能不能随时找出笑梗和火花来，基本上这就具备了一个艺人的条件。但问题来了，谁有权力发通告让你上节目？谁有权力决定让你在节目中露脸多说话？所以幕后台面下的运作便是暗潮汹涌臭不可闻啦！

长大后，小虹你有空到电视台的会客大厅坐着瞧一瞧里面的人来人往，尤其是看到有一些来自中南部的游览车，载着一大票兴高采烈的善男信女，一副好像是准备来电视台进香的虔诚明星粉丝信徒，他们可能都是第一次来现场录节目当来宾、凑人头，或者是帮亲朋好友的小孩子参加星光大道之类的节目而加油。这些善良纯真的台湾人民，就像过去戒严时代一样，简直是把电视台当成中正纪念堂般的神圣殿堂来膜拜，亲眼一见到某位综艺大哥主持人走过去，忍不住激动尖叫、眼眶泛红，直呼此生足矣，死不足惜。

早上六点起个大早，这群准备到台北开眼界进大观园的"刘姥姥"，穿上如同参加婚礼的隆重盛装，坐上游览车的时候一动也不敢动，深怕任何一个转身动作，会把身上的整齐衣服熨烫折痕压坏弄乱。早上九点到了电视台，高中戏剧科刚毕业的小痞子执行制作会来把这些人赶鸭子上架，告诉他们摄影棚是多么神圣的地方，开麦拉之后必须神经绷紧一点，精神喊话加上新兵入伍般的训话，顺便讲一些冷笑话缓缓气氛，让这些专程来到台北电视台的外地人，能够马上现场感受到那种过去只有在电视节目上才听得到看得到，油嘴滑舌，损人亏人的综艺节目效果，就在自己的眼前活生生地上演，而他们就是主角，镜头随便一扫过他们其中一人超过一秒钟，马上就感觉到自己快要爆红了。

"请问有没有人有抽烟的习惯，各位大哥，请举手告诉我不要客气！"小痞子执行制作扯开嗓门大喊。这是小痞子唯一能够有机会在棚外感受到当一位综艺一哥的时候，因为所有的善男信女都好像变成童子军的团康学员乖乖牌，而小痞子就是身上披着值星带的班长。

"好，很好，手举得很高的这几位大哥很听话，今天我帮你们戒烟，请把打火机和香烟交给我吧！摄影棚严禁吸烟，两个小时尿尿一次，没有我的命令不准擅离座位，膀胱无力需要尿袋的请举手？"小痞子说完这句他认为超有梗的话之后，现场响起了一片笑声，善男信女打从一进电视台就很HIGH，小痞子不管说什么话都会让他们想笑。

"很好，真的不需要尿袋吗？那我送你们每人一个塑料袋吧！如果真有需要的话，我这边有一罐阿桐伯膀胱丸，有需要就来跟我拿，不要客气喔！"

来宾们排着队伍准备点名进棚了，历经过多少大阵仗大场面的小痞子，看尽了歌舞楼台的繁华综艺浮世绘，深知每个怀春少女想要一圆明星美梦，一夕能够爆红的麻雀变凤凰鲤鱼跃龙门愿景。小痞子那双贼溜溜色迷迷的小眼睛，早就已经很不老实地打量着其中几位辣妹，看着她们超短迷你裙下的雪白粉嫩大腿，娇艳欲滴的樱桃小嘴，坚挺丰满呼之欲出的双峰和青春的肉体，小痞子忍不住咽了好几次口水。

"小姐，有想进演艺圈吗？我觉得你的条件不错，如果你有兴趣的话，我跟经纪公司很熟，我帮你约个时间出来谈谈？不过现在想当明星的人太多了，你自己要有积极的企图心才可以喔！"小痞子正襟危坐，十分老谋深算地说道。

"真的吗？你是说真的吗？那我把资料先留给你好吗？"美眉乐不可支地回答。

小痞子和他口中的经纪公司一伙朋友，将又多了一个想圆白痴明星梦的女孩成为他们的俎上肉。这位女孩或许真的有机会去试个镜，但摄影大哥根本只是随便开机用镜头糊弄虚晃两招；也可能真的让她上个什么莫名奇妙的节目，穿上赛车手辣妹服装，走上几秒钟的台步，或是纯粹当一个人肉活招牌在后场跑龙套。这样还算正派的，因为小痞子毕竟有正当工作，虽然薪水只有两万块，不过这个电视台的头衔，却可以让他到处吃香喝辣，招摇撞骗。

的确他不敢明目张胆地把辣妹们强行拍裸照或是推入火坑，但是他会用看似正当的手法，一步一步地把这些辣妹如同钓鱼般慢慢收线进网，而且这些鱼儿还是愿者上钩自投罗网的喔！辣妹录一集节目可能只有一千块，不过小痞子所谓的经纪公司私底下会帮她接case，陪一些媒体或综艺大哥喝喝酒唱唱歌，当然也就是拓展演艺生涯人脉的最佳机会啰！接下来的后续发展我就不多讲了，因为有的社会新闻每天都会报道。

全世界最冷血现实的地方有两个：一个是传播圈，另一个是酒店，很不巧的是，爸爸两个地方都待过。酒店的灯红酒绿现实面是毋庸置疑的，但电视台不是很有趣吗？他们制造充满欢乐的综艺节目给大家观赏，把最重要实时的新闻在第一时间内传播给所有的人，超有使命感的时代尖兵，不是吗？错了，手上有摄影机和麦克风的人，自以为掌握了所谓重要的议题，看着嗷嗷待哺的阅听人渴望崇拜的眼神，心里面却在窃窃私笑这群笨蛋。他们以施舍者自居的伟大新闻传播角色，制作出一天二十四小时的疲劳轰炸节目给大家观赏，这就是操弄。小虹，爸爸之前讲过的那个议题：操弄（manipulation）。

在所有操弄的过程中，都需要建立偶像和造神运动。国家体制对人民的操弄，过去戒严时代是建立在国父与蒋公的崇拜；解严时代则奠基在刻上"爱台湾"这三个字的神主牌；电视台的偶像当然就是漂亮的女主播啰！

小虹，或许你们未来那个时代的传播界风气会比较正常化，有机会你当然可以选择自己要走什么路，就像是你妈妈的才艺班最近开了一个小小主播训练营一样，暑假期间真的是班班都客满，可见现代父母还是很希望自己的小孩可以上镜头露脸，有朝一日坐上主播台，就算是不能播报新闻，播报气象也好，所以妈妈的商业头脑动得很快，生意的算盘打得超精，立刻加开了一个小小气象主播班，报名状况当然又是非常踊跃，暑假两个月之中，你妈妈真的是荷包赚到饱饱饱。

但是你知道吗？在爸爸这个时代的传播界和电视圈真的是光怪陆离，荒谬异常，所以狗仔最喜欢找女主播的麻烦，而且所抖出来的料还真的是馅多实在加爆浆。

亲爱的小虹，我的好女儿，各位心疼子女的父母们，请记住我的苦口婆心，社会风气和价值观的变化太迅速了，小学生心目中第一名的未来从事职业，竟然是进电视演艺圈或是当主播，大家就知道传播媒体对于现代人的潜移默化影响有多大了。美女主播的泛滥现象，是父权主义制度下，将女性物化及影像化卖弄风情的极致表现。女主播在镜头前搔首弄姿，电视机前的男性观众则是满足地品头论足意淫一番，企业少东看中了几个一心想嫁入豪门的女主播，便找机会约出来乐一乐。

当然也有一些专业的女主播啦，像我辅大的学姐沈春华就不错啊！家庭和乐，夫妻美满，父慈子孝，兄友弟恭。不过根据我的统计，女主播正式在镜头露脸的生命周期大概是三年，还没露脸之前，大多是先跑新闻当文字记者。女记者在跑新闻的过程中，会不断受到男性摄影记者搭档的骚扰和奚落，有些意志力较脆弱的女孩，可能在某一次出国采访的花前月下美好气氛中，便会不小心落入好色摄影记者的魔掌，一失足成千古恨呀，因为摄影记者最喜欢恶搞女性文字记者了，摄影大哥是不能得罪的啊！大家看看，男性对女性的操弄与摆布真是无所不在，不是吗？为什么扛摄影机的不能是女性？为什么多数的文字记者都是女性呢？

重点来了，跑政治线或是立法院和行政院的新闻，文字记者面对的是一群有权有势，穿西装打领带，每天装腔做势的衣冠××……台湾掌握这些最高权力的人，几乎都是臭男人，特别喜欢跟年轻美眉哈拉的老男人。如果你是一个男性文字记者的话，你跑得到独家新闻才怪，除非你是跑蔡英文、陈菊或是李纪珠。

"哎哟,处长,透露一下消息嘛?"女性记者跑新闻为何都要这样撒娇？但是确实还蛮有效的。

"唉,现在人这么多不方便讲啦,晚上在圆山有个饭局,小美女要过来喔,你有诚意的话,会给你独家的啦!"这位白天是处长的家伙,据说晚上喝了酒之后就变成了畜牲。

苦熬了三年的女记者,可能在政界高层掌握了某个有权势的 key man 人物,没事就陪"大人物"开车到山上聊聊国家大事,大人物也会识相地帮女记者打通电话给电视台主管。

"老赵啊,我是政界的畜牲……不不不,我是处长啦,小璇跑新闻表现得不错,什么时候让小璇上主播台磨练磨练？优秀的年轻人要给机会嘛!对了,最近选举到了,有些文宣广告就交给你们播了,我这边的经费大概两亿吧,你帮我看着办。"

第二天,连假日代班主播都没当过的小璇,正式成为电视台的一线女主播,只要这位当权的"大人物"存在一天,小璇就保证坐稳这个当家主播的宝座。聪明过人的小璇也盘算过,离下次选举换人做做看还有三年的时间,她必须趁这三年,找到任何一个可能嫁入豪门的机会。

不过事违人愿,人无法总是一帆风顺,小璇身边的一些同期女性文字记者,无法忍受她一夕之间飞上枝头当凤凰的飞黄腾达主播之路,原本的好姐妹刹那间都对她犯了"红眼症"。她们会趁她补妆的空档,偷偷在她的茶杯加泻药,小璇上了现场新闻主播台之后,播到一半却脸色发白直冒汗,想剉赛。经过几次的恶搞惨痛教训，小璇发誓，一踏进公司上班就滴水不进，粒米不食，渐渐地，她愈来愈瘦，精神状态每况愈下，晚上睡觉都要吃安眠药，医生诊断出她有轻度忧郁症。

在小璇的人生低潮，副控室的温柔多情男导播出现了。真是糟糕，当文字记者最怕摄影记者大哥，当了女主播却最怕深情款款的男导播啦！这位已婚的男导播叫做派屈克，总是在收工之后，细心体贴地开车载她回家，第十次终于上楼到她家，不小心把咖啡弄倒在身上，脱掉上衣之后，刚好收音机又传来第六感生死恋的情歌，生米果然马上煮成熟饭。炒完饭后，小璇这一夜睡得特别好，半年来，第一次不需要吃安眠药：原来男导播派屈克就是能够帮助她入睡好眠的良药啊！

乱了，乱了，乱了套！小璇的人生开始变得错综复杂。狗仔已经开始跟拍，跟导播十指紧扣的照片在黑市喊到一张五十万，在车上喇舌的照片更是高达一百万的身价，最最有行情的，那片未经证实，传说中的超劲爆性爱光盘，有人一出价就是两百万：听说她在片中穿一件白色丁字裤激情主动演出喔！

毁了，毁了，全毁了！小璇压力大到完全失眠，轻度忧郁症变成重度忧郁症，上了主播台的五官变得形骸枯槁，失魂憔悴，连续三天没睡好觉，半小时的新闻播报总共吃了一百个螺丝，口吃紧张到最后关头，情急之下，小璇甚至站起来直接比手画脚：她误以为自己在播手语新闻！

疯了，疯了，这世界全疯了！台湾地区每天早上人手一份报纸，疯狂翻阅今天的女主播到底又跟谁拍过咸湿影片上过床。东窗事发的女主播已经无法继续上主播台报新闻了，负面新闻缠身的她只好落泪开记者会,哭哭啼啼地向社会大众道歉,然后正式宣布退出新闻圈,加入演艺圈。未来的计划是先当谈话性节目的通告艺人,自曝与多名政商名流勾搭的经过,揭露女主播之间勾心斗角的内幕,最好可以跟出版社接洽写一本书,书名就叫做《打开台湾电视史:百大极淫女主播内幕大公开》。接着会到购物台叫卖威而刚、威而柔以及名牌包、缩得妙。如果可能的话,再接再厉拍个内衣广告,干脆大大方方地展现自己整型多年有成的圆规奶。破釜沉舟已无退路的过气女主播,搞不好最后还能够再搏一把大的,真的可以钓到一个多金豪门企业家,不过现在已经无法高攀到未婚的企业家第二代少东了,顶多就是离婚又结婚又离婚多次的中年秃头啤酒肚,有钱却不举的老田侨罢了。悲哀,真悲哀!

女人也可以很有成就,但是"睡出来"的成就不踏实也不可靠。相信有很多朋友会举出一百个例子来告诉爸爸,三百六十五行之中,有很多行业比酒店和电视台更为现实可怕。但这不是我写此篇文章的重点,我的重点在于后殖民理论和女性主义之中,对于男性沙文社会最切中要领的批判论述内涵:操弄与反操弄。

小虹,你跟姐姐小扉要注意听好,爸爸生了你们两个可爱的女儿,受了旁人很多恶毒的奚落与嘲弄,这些充满对女性歧视的字眼儿,骂人完全不带脏字,杀了人却一点都没有见血,爸爸一向默默承受,把希望寄托在以后你们真正成为一个独立的女人。法国女性主义作家西蒙波娃说过的这句话,我再三请你们要牢牢记住:女人不是天生而成,女人是后天形成。

下次要是我再听到三姑六婆这样说：

"唉哟，生两个都是女的，不再生一个喔？"

"都生女的喔，难免会有遗憾啦！"

"女的要小心喔，长大不要一下子就被男人拐跑了咃！"

"你的大女儿小扉不是做试管的吗？怎么不跟医生说一下，既然都用人工，就做一个男的就好了，现在医学这么发达，很容易筛选的啦！"

我会这样回答他们："看，不讲话没有人会说你是哑巴！"

第三篇　写在深夜产房生下你之后……奶爸卡卡仁波切如是说

勇敢做自己
不要活在别人指指点点的目光下

小虹，你在一岁大的时候已经很会走路，夏天也到了，我们最喜欢的地方就是天母运动公园的沙坑。父女俩的装备很齐全喔，处女座的爸爸最细心，而且深知"工欲善其事，必先利其器"颠扑不破的硬道理。你的婴儿车上吊挂着一袋沙坑专用全能工具组合，包括尖嘴铲、平口铲、大小水桶、浇水壶、耙土器和杯子……这些专业工具足以让沙坑上所有的小孩子看到之后垂涎三尺，自叹不如，不过爸爸是很大方的，"分享"这两个字是我从小就教会你的，借大家一起用，没有关系。

另外还有一套新衣服让你换洗用，毛巾和防晒油是一定要的，小冰桶内还有牛奶和运动饮料等着你。因为爸爸真的是全心全意准备来跟你好好地混上几个小时，所以我为自己准备了三份报纸、两本小说，看累了的话，我还带着小哑铃练练手臂肌肉，一块瑜伽垫和一条瑜伽绳随侍在旁待命，爸爸甚至可以坐着做伸展操，顺便脱掉上衣躺平晒晒太阳进行日光浴。不过,真奇怪,沙坑旁边随时总是会传来哭声和斥骂声,让我们父女俩不得安宁。

"不行,小宝不要去沙坑,去旁边溜滑梯就好,你又没带衣服来换怎么玩?"

"我跟你讲过多少次了,小雯,给你来玩沙之前就说过了,屁股不要坐地上,你听不懂是不是?"

我听到上面这样的对话,心中好纳闷,这些父母反正都来到公园了,明知道小孩子就喜欢玩沙,为何不多准备一套衣服让小孩尽情地玩?既然也都已经跳到沙坑里玩了,屁股坐到沙坑上又怎么样?就算全身在沙坑里滚两圈会死吗?小孩子适度地晒晒太阳很不错啊,为何还要帮小孩子打个大阳伞呢?既然知道今天有太阳,出门为何不带防晒油和帽子,帮小孩子买副墨镜戴上呢?根据调查,地处亚热带阳光普照的台湾,竟然有三成的小孩子骨骼缺钙,而日照不足是元凶吧!

台湾的父母太不专业了,他们没有把带小孩子这件事当成是一种专业来看待。反观许多日侨学校和美国学校的外国妈妈,来到天母运动公园就是推着一辆如同坦克般的大型三轮婴儿车,车上的装备不逊于我,小孩子打赤脚也没关系,不小心从溜滑梯摔一跤也是看着小孩子自己爬起来,全场几乎听不到这些妈妈的咒骂声与怒喊声,亲子同乐的和谐与恬淡,与天地花草融合为一,这才是亲子相处之道啊!我并非崇洋媚外的人,但是外国父母照顾小孩子的某些超优观念,真的是值得我们好好研究学习的。

台湾的孩子很可怜,爸妈也很可怜,这个社会把大人的工作时间拉长到快让人窒息，小孩子与父母相处的时间被压缩得极为零星，外佣和祖父母便成了照顾小孩子的两大主力族群。但我在公园最怕看到这两种人出现……

"哭什么哭？哭啊，你尽量哭啊！"外佣恶狠狠地对着小男孩儿骂道。此时他们坐在公园的角落，四下无人，正是外佣好好教训虐待小孩子的好机会。平常在家已经受够了，所以外佣在外面带孩子时，根本就是换了个完全不一样的巫婆嘴脸。好一点的外佣虽然不会骂人，但就是拼命讲电话，完全不理孩子，孩子像个白痴一样地看着天空发呆，外佣绝对不会浪费时间去启发你的宝贝。这就是外佣在公园与孩子相处的真实黑暗面，懂吗？

"对不起，可不可以闪边点儿，我的宝贝孙要溜下来了喔！"这是典型的爷爷和奶奶组合所说的话。挡我者死，逆我者亡，想动我孙子一根汗毛，就是胆敢在老虎头上拔毛。公园最好随时保持清场，尽量不要白目到让我来赶！

最最可怕的是……爷爷奶奶加上外佣一起带小孩子的三人组合体，爷爷负责全程摄影，一个镜头都不能少："看这里喔，笑一个，小宝，好棒喔！"爷爷的专业技术应该曾经得过金马奖。

从爬溜滑梯到下溜滑梯的整个过程，只见满头大汗的奶奶在上面扶小孙子，一脸严肃，生怕有任何闪失会伤了孩子筋骨的外佣则是在下面准备接孩子。其他的孩子必须保持距离乖乖排队，以免挡到爷爷猎取每一个精彩童年全记录的宝贵画面。

在沙坑陪孩子的大人以妈妈居多，闲得没事做的爸爸通常只有我一个。还记得吗？我之前跟你说过那个小秘密，就是蹲在沙坑上的妈妈们，很喜欢穿宽松的T恤和低腰裤，身体一往前倾，屁股一往下蹲，超容易走光的。不过爸爸不是那种心术不正的家伙，肯定是目不斜视的，双手总是正襟危坐地端端庄庄拿着报纸（报纸中间不小心破个小洞），况且这种为了小孩子付出时间与关怀的伟大母亲，因为无私的母爱而不小心春光外泄，我怎么狠得下心去偷看人家的"前后双沟"呢？这跟禽兽有两样吗？简直就是禽兽不如！好了好了……我哩，哪壶不开提哪壶，陈致中的朋友拉二胡。我不是要讲马里亚纳海沟的事啦！

我是说，每次我在沙坑旁边，脱掉衣服，涂上助晒油，油油亮亮的结实肌肉在太阳底下闪闪发光，我拿着哑铃做上两组运动，筋脉贲张的隆起二头肌，滴淌着那充满男人味的野性汗水，太Man了！喔，超有Fu的。做完两组休息一下喝口冰啤酒，甩着头上的汗水大叫"啊"一声，我成了啤酒广告的猛男明星，不禁让我追忆回想起，以前身处在美国加州芭芭拉海边健身沙滩上那段狂野的时光。

What a wild thing, I will give you everything.

老爸爽到哼起朗朗上口的英文歌曲来。

可是这时候，总觉得身边有许多垂涎的目光，饥渴又贪婪，我闻到了，那是很多妈妈集中在一起之后才会发散出的重口味熟女味道，如同野狼紧盯着猎物般虎视眈眈地看着我。爸爸以前服役的单位是海军陆战队的两栖侦搜营，相信我的特战专业直觉，我嗅到了，我感觉到了，事情有点不太对劲，猛然往沙坑现场快速扫瞄，原来满坑满谷的沙坑人潮，小孩子跟妈妈突然都走光了。

我只是做我自己，带小孩子顺便娱乐自己、锻练身体，难道我错了吗？难道爸爸错了吗？难道爸爸真的错了吗？刹那间我发出哭嚎，仰天长啸，接近破表的悲情指数，直逼阿扁在看守所前面的惨叫。这真的是台湾人的悲哀啦！

或许是我勾起这些妈妈心里面的痛吧！她们老公的肚子又大又油，难得有空却总是懒得陪孩子，这么健康强壮又爱孩子的我，不禁让她们触景伤情吧！不过后来我老婆是这样分析的："要是我看到你也会赶快闪，你出门不能正常一些吗？搞到自己像变态，连小虹都没朋友跟她玩，让她长大后心理都有阴影啦！"

妈妈的话听听就好，可以左耳进右耳出，要不是我练就了这样充耳不闻的本事，我早就……所以我还是坚持做自己，我行我素，照旧到公园练身体带孩子。

今天运气不错吧，竟然还有一位法国辣妈带着一位可爱的小男孩在沙坑玩。基本上我是一个深受法国文化熏陶的绅士，深知包容异己的美德很重要，人与人之间只要不互相妨碍，大家都要彼此尊重，不是吗？因此我礼貌性地跟法国辣妈点个头之后，就自顾自地摊开瑜伽垫进行热瑜伽的高难度训练了。

"请问你现在做的动作，是不是印度菩提大师的大圆满法，男女双修热瑜伽的一〇八式呢？"

嗯，这位法国辣妈不仅中文讲得好，听她的话似乎也是位

"练家子"喔！

"没错，难得有人认出这招最高难度的瑜伽法门最高段式，听起来你也热衷此道喔？"爸爸不疾不徐地回答道。

"请问怎么称呼你？"

"叫我卡卡仁波切。"

"你可以借我用一下瑜伽绳吗？我也想伸展一下，毕竟陪小孩子一直蹲在沙坑上也会累的。"

"没问题，请自便。"

爸爸乃是一名翩翩风度的君子，我跟法国妈妈各自做着伸展操，互相不打扰，也没有厚着脸皮邀请她一起进行谭催瑜伽的男女双修大圆满法。就这样过了十分钟，沙坑已经出现了十几个妈妈和小孩子，他们带着谦卑崇拜的眼神看着我们，完全没有当初对我的那种鄙夷目光。

台湾人很崇洋，看到有外国妈妈跟我一起厮混，马上就会如同闻到腐肉和大便的苍蝇一样蜂拥而上。一个怪怪的台湾男人出现在沙坑旁可能就不太对，但是只要有外国人与你为伴，情况完全不一样。为了要让小孩子提早进入双语状态来与世界接轨，许多台湾妈妈看到外国小孩子总是眉开眼笑、心花怒放。这些台湾妈妈带小孩子出门就像在演一场感人飙泪的亲子人伦大戏一样，有点人来疯，旁边人愈多，妈妈对小孩子就愈慈爱，尽情地展现从书中学来的另类独特且先进的亲子教养观念——给大家看！

做自己真有那么难吗？爸爸在夜深人静的时候常常在想。旁人的眼光有那么重要吗？我不在乎！但这需要十足的勇气，以后你就会知道的。小虹，在沙坑里玩耍的你是如此快乐自得，我让你尽情发挥创意做自己，你挖个沙坑把自己埋起来都没关系。衣服弄脏了，我索性把你的衣服脱光光，让你恣意玩个爽，我才不甩别人的指责目光，因为全身脏兮兮黏着沙土的你，就是我的台湾之光。

小虹，做自己，一定要做自己，百分百信心加上一万分坚持喔！

女人不是天生而成　女人是后天形成

小虹，因为你是女生，所以，性别与认同这个严肃的课题，是你终其一生要去面对的问题。"爱台湾"这三个字很暴力，这三个字原本的用意没错，每个人当然要爱自己的故乡，但是有一群沙文主义的大男人把它滥用了，把"爱台湾"这三个字活生生地强暴了。

还不懂得什么是爱之前，千万不要一开始就贸然去爱台湾或是爱爸爸，懂吗？先学会爱自己，行有余力，再来爱台湾或是爱爸爸。如果你先去爱别人，忽略了爱自己，你的付出便会要求对方同等程度的回报，要是得不到相等对称的回报，这样的爱就会变质成为恨，爱变成恨，真可怕，单纯的爱有了杂质，那就是变调的爱。

在我接触到各种腥膻色的社会新闻时，我特别注意到一些关于原本乖乖的女孩儿却误入歧途的个案，这些个案通常有几个共同的特征。

第一，女孩们的童年都很破碎不堪，缺乏父爱的长期关怀。

第二，第一次的性经验都很不愉快，而且是在半推半就的朦胧无知状态下草草发生的。

第三，将性当成肉体交换金钱的条件，价值观发生严重的错乱。

小虹，如果有一天，你才十八岁，我在你的房间不小心发现了保险套和按摩棒，我不会说什么，更不会把你找来当面羞辱责骂。

小虹，要是有一天早上，我起床泡咖啡准备上班，刚好你泡完夜店才回到家，我闻到你身上混合着烟酒与男人古龙水的味道，我不会发飙叫你在神主牌前跪下，只会问你咖啡要不要加奶精和糖。

你从来都不是属于我的财产，你所选择的男朋友或丈夫，都是你自己必须要去承受的不可知未来。但是请允许我提醒你几件小事：

一定要学会开车，不要把手握方向盘的驾驶座位交给你身边的男人，在经过高速公路收费站的时候，要是旁边的男朋友拿票的速度太慢，请你大声地告诉他："拿个过路票都那么慢，下次不要开车载我出来了！"

经济绝对要独立，千万别想找男人当金主做靠山，要用双手而不是双脚赚钱，女人无法自己赚钱的话一切都免谈。

婚姻是你跟丈夫两人世界的事情，别人无权置喙评论，不过千万不要嫁给那种还没断奶的男人，长到三十几岁，大小事情还要回家问妈妈，嫁给这种没用的男人，你会被他家的婆婆、姑姑和嫂嫂烦到挂。

跟你讲一下我的故事。关于我差点变成 gay 的故事。如果我当时真的出了柜，现在就生不出你了，听完这个故事之后，你就知道为何我不会送你到需要住校的私立女子中学的原因了。

小学毕业之后的我，成绩颇优，爷爷舍不得让我这样的人才留在彰化乡下读公立国中，于是把我送到台中一所最知名的私立中学就读。爷爷不仅花大钱买通打点各种入学的管道，而且还特别让我住校接受严格的军事化训练，但这却变成我青少年时期噩梦的开始。

我很瘦小，苍白又有点娘味，迷朦水汪汪的大眼睛，让人总觉得楚楚可怜。刚入学住校的第一天晚上，我在浴室就遇到了一群高年级的壮汉学长，全身赤裸正在擦肥皂的我，突然间一不小心把手上的肥皂滑掉，滚到那群学长的脚边。

"你是故意要害我等一下踩到肥皂跌倒吗?"我还记得这位全身毛发粗黑的学长对我恶狠狠地说，"马上给我捡起来!"

当我低下身子弯着腰撅起屁股把肥皂捡起来的一刹那，我发觉学长的眼神流露出我从来没见过的邪恶笑容。

"新来的喔，哈哈哈……"

连续三年的时间，我就这样，在这间全中部地区升学率最高的私立中学，度过我悲剧的少年岁月。

一直到了国中三年级，我遇到了爸爸这辈子最好的朋友小廖，满脸络腮胡的他有够 Man，而且非常有正义感，刚刚从另一所私立中学被退学转到我们学校来。小廖的爸爸是中部海线的角头大哥，星期天都有五部奔驰黑头车和十名穿黑色西装理平头的壮汉，帮他开车门提行李到学校的宿舍门口来，宿舍的舍监和值班教官一定会毕恭毕敬地出来迎接小廖，同学们更是只敢躲在旁边窃窃私语地围观谈论着："哇靠，我家爷爷出殡也不过是这样的排场！"

小廖成绩烂到不行，刚好上课又坐我后面，睡觉在我下铺，我心想刚刚才把痔疮治好，来了这号凶神恶煞人物之后，刚开刀缝好的伤口也不用拆线了，遇到小廖这种狠咖，晚上我……就让它一路烂到爆了吧！没想到小廖是面恶心善的好人，他住进来我们这间八人宿舍后，没人敢欺负我了，毕竟大家第一次遇到真正的大哥，还摸不清楚他的底牌和性向，宁愿选择静观其变，因此也暂时让我在这段时间不再遭受到集体霸凌的虐待。

第一次随堂测验英文科目，我奋笔疾书从容不迫地把所有答案写好，爸爸的读书天赋很高，唯有考试让我能够真正得到自我肯定和老师的认同赞许。可是我感觉到身后的小廖完全没有动笔的声音，他快挂了，读书就是他的罩门。于是我偷偷地把写好的考卷垂到桌下，身体往旁边略微一靠，答案就在小廖的眼前，他知道我的意思了。就这样，小廖的每一次考试都在我的掩护之下安全过关，偶尔我也会教教他一些读书的方法，毕竟光靠偷看作弊不是办法，两人成了莫逆之交。

"看，你们给我小心一点，现在谁敢欺负我兄弟的话试试看，现在他是我罩的喔！"小廖在全班面前大声对着那些以前欺负过我的同学说。

小廖让我从有点娘味的男孩变成了铁铮铮硬邦邦的男人汉

子。他带我去台中车站绿川的花街柳巷开了第一次洋荤，介绍了一堆在台中学士路混的泡沫红茶店女朋友给我认识，晚上带我到文心路的五百畅饮大口喝啤酒，星期六请我到黄品源驻唱的 Pub 听 Live Band 演出，星期日则是约了二十辆追风 125 的暴走飙车族到大肚山夜游兼砍人。

我终于得到了男人群体的认同，我也跨越了性别认同的尴尬与模棱两可，我成为男人了，我变 Man 了。但是，小虹，真的是这样吗？

每个小孩子在出生之后，青春期的性征还没出现之前，其实都具有男女两种美好的潜在特质，英文叫做 in-betweeness 的中间模糊地带。有些比较特殊的小孩子却因为基因的某种先天问题，长大后，明明有男生的外表，但是骨子里具是十足的女人；有些女生看起来又非常阳刚，不过很排斥穿裙子留长发。爸爸的女性化特质本来是我的优点，细心，敏感又善解人意，但是后来我为了要在青春期阶段能够得到男性群体的认同，有点为赋新词强说愁的味道，把自己搞得暴力粗俗不堪，抽烟吃槟榔，动不动就骂脏话，言语中充满对于女性的不尊重与轻蔑，干尽贬低物化女性，丧尽天良且令人发指，人神共愤之能事，难道这叫 Man 吗？

我的母性是在你出生之后才找到的，我悟到了一个真理：男人不娘，孩子和女人不爱。想想看，要是我开车载你从坐月子中心出来的时候，把那个在马路上逼我车的混蛋拖下来毒打一顿，虽然我逞了一时之快，可是手指骨头因此断掉，半年内无法抱着你哄你睡觉的话，那样会让我多么内疚呀！忍一时之气才是真正的男子汉，不是吗？

至于女人呢？我认为女人不是靠着搔首弄姿卖弄风情而成为女人的，要真正形成一个女人，我认为必须具备以下几个条件。

第一，不要把性当做拴住男人的绳子，更不要把性当成交换男人付出爱情的唯一条件。不要把性爱和激情，和你的工作，他的家世背景，未来晋升到上流社会的梦想混为一谈，麻雀变凤凰只是好莱坞的电影神话。

第二，不要在提重物的时候，才假装成弱势的小女人，拼命撒娇请男人帮忙；更不要在抓住男人把柄的时候，得理不饶人地变成咄咄逼人的女强人，踩在道德光环之上，对男人公审，向社会大众哭诉，置男人于死地。一个真正的女人是"不卑不亢"。

你的人生、你的婚姻和你的未来，完全不需要对我负责。我会在你上小学之后，站在你的教室旁边，准备送午餐的便当给你，听着你跟同学们的琅琅读书声，看着黑板歪歪斜斜的可爱国字，偷偷地瞄着女老师的短裙，想着我最私密深处的心事，想着有一天，你长大之后，爸爸曾经陪你走过这一段日子……男人可以一事无成，男人可以求欢不成，但是男人至少可以陪女儿走过这段人生旅程。

不要重蹈爸爸年少轻狂，认同焦虑的覆辙，不要为了要证明自己很女人而失去自我；平胸，低沉嗓音，腿粗……如果真的是如此，这就是你，谁又奈你何！

第四篇

社会写实之夜市补教人生

爸爸最爱看的连续剧是《夜市人生》,最羡慕的男人是补教人生的高先生。不过爸爸在本篇所写的社会写实人生都是虚构版本,请老婆大人千万不要对号入座。我改过了,我向善了,我在车子后面都贴上『开车不喇舌 喇舌不开车 喇舌不如喇赛』的标语贴纸了!

男人外遇事件簿：
劈腿无罪，偷情有理！

亲爱的小虹，男人天生就喜欢偷东西，以后你认识的男朋友之中，有人会喜欢偷情、偷欢、偷腥和偷人，这是人之常情，如果你无法忍受的话，请平静地与他们讲明白说清楚，务必要心平气和，而且要充满理性与感性。

"你这样偷偷摸摸也不是办法，劈腿很辛苦的，这段日子也真为难你了，连我看了都心疼。不然你就专心应付她们好了，我们还是朋友，好吗？"

你这样说就对了，千万不要烧炭上吊闹自杀。

话说在远古初民社会的人类，封建体制还没有建立，男男女女看对眼就可以自由交配，交配就是单纯那几分钟的体液交流时间，完事就走人，没有什么爱与不爱偷与不偷的恼人问题。自从父权体制社会变成主流之后，一夫多妻的男性沙文主义成为常态主流，男人可以纳妾养妃，但女人必须从一而终，丈夫死了就要守活寡一辈子，还好可以在死后得到一块贞节牌坊；如果爱上不该爱的男人，主动识趣一点的，就要投井自杀、含冤而死，被动白目一点的，就被家族族长大老们绑在门板上，丢到河里面顺流溺死。

爸爸的身上具有某部分台湾中部洪雅族平埔人的基因，平埔族是母系社会的和谐大同世界，母系社会是女人当家，不会像男人做主之后的父权社会，动不动就喜欢搞一些发动战争侵略的游戏。我曾经去过云南泸沽湖畔的摩梭族人地区一趟，那边是世上唯一仅存的母系社会，男女在白天看对眼，晚上可以走婚，度过美好的一夜。孩子生出来之后，男人不用负责，母亲会独立照顾孩子长大成人。

现在的台湾社会标榜着一夫一妻的婚约制度，男人虽然不能纳妾，但是他们还是会捉紧任何一丝一毫可能的机会去偷情来满足自己。女人偷汉子就严重了喔，社会对这些红杏出墙的女人绝对是毫不留情，试问有人看过老婆偷汉子之后，她的老公会陪她一起出来开记者会，告诉大家他已经原谅他的老婆了，绿帽偶尔戴戴也蛮好看的呀！可是为何那些有名的男人偷情之后的忏悔记者会，绝对都会一把鼻涕一把眼泪地硬拉着老婆出席呢？

台湾有通奸罪，在文明先进的当代十分少见，就我个人当过短暂狗仔记者的真实经历，我告诉你为何通奸罪至今迟迟没有废除，没有让通奸除罪化的最主要原因，以下便是台面上不能说的秘密。

通奸罪的存在，周边产业贡献了台湾每年经济成长指数GDP的百分之一，创造了台湾二十万人的就业生计。这么多的豪华汽车旅馆靠谁来养活？街上和公车站牌满坑满谷的征信

第四篇 社会写实之夜市补教人生

社招牌广告,谁来当业主和散财童子?黑道靠仙人跳可以尽其所能地来勒索那些偷情的男人,记者靠跟拍爆料的照片就能让报社的头条一天卖上十万份。通奸罪如果不存在,台湾也就没有经济奇迹了。

当狗仔很累,捉奸更累,但是通奸是全民共业,对于男人偷情的卑劣,站在道德光环的顶点天际线,我们对这些臭男人都是呸呸呸,全天下的狗男女的确让人十分不屑。我守在汽车旅馆的入口夙夜匪懈,一刻也不能停歇,有任何的风吹草动,马上联络旅馆柜台的值班守夜,因为我跟旅馆房间清洁的欧巴桑也是同流合污沆瀣一气,狗男女完事退房,欧巴桑立刻进去捡起所有垃圾桶的保险套、卫生纸和纸屑。狗男女们,我要跟你们说声感谢,所有罪证确凿的犯罪事实在我眼前——呈现,终于可以让我好好来写。小心喔,我的网民可能就是潜伏在你们身边任何可疑的匪谍,跟我投诉爆料的线索永远不缺。

小虹,如果有一天,你选择了一段婚姻,想跟一位你爱的男人组织一个家庭,你一定要有这样的心理准备,那就是厮守终身是一段非常难得的神话,要是你能跟老公白头偕老,恭喜你,要是有点意外的插曲发生,没关系,请记得你跟老公曾经拥有的美好过去。活在当下,保存过去快乐的回忆。爱之欲其生,恶之欲其死,这是最要不得的。好聚好散是每个人终其一生修行的最高境界,过程很重要,活在当下!

PS:爸爸现在不偷了,因为最后一次偷情的时候发生了一点小意外。当时在夜深人静的阳明山第二公墓附近,有点急,于是临停在路边一间有应公好兄弟的阴庙前面,做完后卫生纸丢在地上很不环保,美国前副总统高尔如果看到一定会很生气。后来开车回到大马路立刻出了车祸,这就叫善有善报、恶有恶报,不是不报,时候未到。偷情无间道,人间现世报啊!

一辈子必须小心的三种人：
活佛神棍　理财大师　地方人士

爸爸说过以前我在地下电台卖过假西藏天珠的事情给你听，这世上真的有许多喜欢装瞎弄鬼的神棍到处招摇撞骗，假借宗教济世之名，敲锣打鼓地行善，暗度鼪鼪之陈仓，不可不慎，戒之防之啊！真正的修行者是大隐隐于市，在芸芸众生中低调平凡地提升自我的身心；高调穿着道袍袈裟来招摇过市的神棍，每天在你面前数着念珠唱着阿弥陀佛，私底下却是左手摸奶右手念经，佛在心中坐，酒肉穿肠过。

"小姐小姐等一下，你后面跟三个喔？"

"跟三个什么？"

"你是不是拿过小孩儿？讲实话，我都知道，你再骗骗看？举头三尺有神明，知不知道？"

"我……我是有……可是我养不起啊！男朋友又不想负责，我只好……"

"别再解释，这三个婴灵怨气很重，会跟定你一辈子，如果要化解的话，唉……"

"真的吗？好可怕，难怪我最近工作都不顺，月经也不顺，玩二十一点打扑克，总是拿不到同花大顺。"

"人一旦不顺，连小便都会咬冷笋。我倒是有个办法可以让你化解喔！"

"真的吗？"

"你可以配合的话就没问题。"

就这样，神棍不但把你天人合一，灵肉也合一了，这就是神棍的本质。先让你害怕恐惧，用尽心理学的各种偏门把你收服得乖乖顺顺。小心，这样的神棍到处都是。千万不要相信算命，绝对不要让男人帮你算命，命运掌握在你自己的手中，多去读一些西方思潮的实证主义理论，了解东方宗教神秘主义的深奥哲学底蕴，切勿盲目跟随世上所有得道宗师与心灵导师。古人以书为师，好为人师者不足取也，对世间所有无法感知听闻虚无缥缈的灵异怪事，应时时抱持着怀疑论者的求证态度，千万不要自以为是。有为者亦若是，无为者只好听天命尽人事。

台湾钱淹脚目，投资理财大师到处都是，这是你要小心的第二种人。许多冒牌的投资老师也是好为人师，动不动就想告诉你他的投资策略和生财法门，后来大家都把钱拿给他统筹集资，因为他的内线消息绝对值得投资，最后你就会落得人财两失。

台湾人很可怜很贫乏，人与人之间的话题，除了谈论算命灵异与赚钱投资之外，已经没有任何心灵伴侣似的思想火花与激荡了，这是一个不谈论哲学、现象学、文明冲突的浅碟型肤浅社会。冒牌的投资理财大师深谙台湾人爱钱的深层心理脉络，所以便会随时出现在你身边的任何一个角落，伺机插入人群的闲聊话题，以酷似投资神棍的装神弄鬼，卖弄玄虚姿态，获得大家的尊敬与爱戴。

"我跟你说，大陆汶川大地震之后，原物料股一定会大涨，信不信？"

"现在进场会不会太慢？"

"你跟我的节奏来买卖就对了！还有台湾那个八八风灾过后，你一定要……"

这个社会多嗜血，你看看，世界上所有别人的不幸与灾难，在这些大师眼中，只看到如何钱滚钱与投资商机。更可悲的是，当你把他当成一代投资宗师之后，有一天你会知道，原来他就是台湾诈骗集团其中一个主要环节。

不管以后你长大后读什么科系，一定要多吸收一些理财常识，不过千万别走偏门与快捷方式赚钱，人生也不是每天一张开眼睛就只想到钱，数字与盘势，那将是非常可悲的人生。人生就该浪费在美好的事物上；而钱是最脏的，所以很多人常常要把钱拿去洗，不是吗？

在台湾有一种人很特殊，他们叫做地方人士，地方人士之所以活跃，就是因为台湾司法不公，法律不彰，部分法官收贿，只想在中午吃完壮阳药膳羊肉炉的休息时间，赶快带情妇到宾馆嘿咻开房间。在传统的部落社会之中，地方人士就是所谓的头人，专门处理一些人与人之间狗屁倒灶的无聊事。他们处理这些事情的目的，并非是想让社会更进步更美好，他们在这样搓汤圆，和稀泥，蹚浑水的处理过程中，一次又一次，累积个人声望和权威，最主要是想得到大家的尊敬与爱戴，成为某种性质的台湾黑道最后仲裁者的大佬角色。

"飞哥，你来评评理，我们小区如果大家都像小王家一样，把阳台违建外推出来，那么整体小区的外观与美化还有任何质量可言吗？"

"飞哥，你当主委也两届了，又不是只有我小王才盖遮雨棚，小高家也是一样啊！若不是小高先盖，大家也不会有样学样啊？"

小区住户你一言我一语，管委会开会每次都成了"文化大革命"的批斗大会。就算遇到第一〇一次的这种场面，飞哥主委的最主要功能还是他口中常说的那句名言："大家以和为贵啊！"

住户们分成好几个集团与党派，但是不管如何，飞哥永远都是大家口中的大好人以及和事老。小区的问题与纷争从来没有真正彻底解决过，不过一旦逢年过节，端午包粽，中秋烤肉的时候，飞哥绝对是有吃又有拿。

"飞哥，不好意思打扰你，这瓶红酒算是点小意思，过年送个春酒，大家好邻居嘛！"

"飞哥，来来来，一起坐下来吃块我刚烤好的牛小排！"

飞哥坐下来之后，可以跟大家一搭一唱，狂骂黑心建商的不是，等到吃饱喝足拿够了，回到管理室，还能够很厉害地马上转换心情，脸不红气不喘，跟建商勾肩搭背，称兄道弟来把酒言欢。这就是地方人士的本质，好人都给他当，好事都算他一份，黑白两道通吃，遇到麻烦则专挑软柿子捏。

小虹，以后一定要多读点法律的书，每个人的身边一定要有两种朋友：会计师和律师。遇到事情了怎么办？当然不能跟那些地方人士打交道，请他们帮忙的话，愈帮愈忙。人与人之间的纠纷，尽量要在第一时间把它单纯化，而不是让这些人来瞎搅和，把它复杂化。

把人看透不是件容易的事，从事情的表象要看到事情的本质，更是困难。人有许多种面具，会配合各种不一样的场合戴上应景的面具。人生舞台就像是意大利威尼斯的面具嘉年华会一样，千万不要被他人的外表所迷惑，因为卸下面具后的真实面貌，常常会让人大吃一惊。

性骚扰性侵害……以性之名

性本来是件很美好的事情，但是以性为驱动力的犯罪非常可怕。不同于其他的人，爸爸会用精神病理学的角度来看性犯罪事件，日后你长大满十八岁，我会尽其所能地抽出时间，跟你一起读社会新闻，用我的新闻专业眼光，以社会学和心理学的角度，来对新闻内容的发生始末进行血淋淋的社会活化版深度分析。

我不赞成那些禁止小孩子看或电视网络社会腥膻色新闻的教育理论，如果我这么做的话，只会让你对这些禁忌的话题更加好奇，到了学校之后，你照常跟同学拿这些劲爆话题来大肆讨论，与其让你跟同学瞎说，不如让我大大方方坦然与你恳切面对这些社会黑暗面的事实。没有体会过夜晚的黑暗，怎能了解白天光明的可贵呢？偷偷告诉你一个秘密喔，其实我还真希望以后你当个跟李昌钰一样厉害的神探吧！

小虹，你知道吗？妈妈怀了你之后的第二个月，爸爸发生了一件让我这辈子永难忘怀的教训，从此之后，凡事我都变得非常谨慎小心，对人性十分提防，身上随时带着录音笔，对人所讲的每一句话都再三斟酌，不再跟任何一个女人和孩子独处。这件事跟精神病有关，也跟性这个话题有关。

我最喜欢的一本书叫做《我在雨中等你》，写的是一个赛车手与女儿和狗的故事，那只狗会讲话，跟以前我养的狗多多很像。不过重点在于，有位未成年的小女孩深深迷恋着这位帅气的赛车手爸爸，有一天想要色诱他，结果竟然没有得逞，后来小女孩恼羞成怒，告上法院说这位赛车手想强暴她。

最近有一些富商被情妇告上法院的新闻也有点这样的味道，原来性也是女人的武器之一。不要误会，我并不是说很多男人都是无辜的，只是电影，那位真实生活中的单亲爸爸，不也是曾经被人搞乌龙爆料吗？那样空穴来风捕风捉影的道貌岸然指控，真可怕！性是一柄双面刃，是男人拿来操弄女人的利器，但是女人也可以拿来反操弄，让大家两败俱伤。

小虹，姐姐比你大三岁，从小也是爸爸一手带大的。你知道爸爸是一个很率性不拘小节的人，由于在法国养成晒太阳做日光浴的习惯，平常跟姐姐在巷子玩的时候，一定会脱上衣抹助晒油，享受畅快流汗与阳光洗礼的健康快感。但是其他的邻居不这么认为，台湾人从小受到性的制约及压抑太大，对于身体的裸露总是无法用自然正面的态度来看待。

"我说小王啊，你每次出国都一两个月，要小心喔，我们有位猛男邻居每天都在你家楼下溜达，专门勾引良家熟女喔！"

男人比女人善妒，尤其是看到比自己壮的男人，心中的自卑与焦虑，便会引发精神病理学中的被迫害妄想症候群现象。

姐姐三岁就学会了直排轮，这要归功于爸爸的专业指导，因为以前爸爸在法国可是滑雪高手，溜起直排轮就跟吃块蛋糕一样简单。后来我担任起小区的义务直排轮教练，常常带着小区一群孩子直接从山坡上以 S 形的高级动作呼啸而下。那段时间是姐姐最快乐的时光，我的热情带动了所有孩子的每一颗运动细胞，我成了孩子王，我受到大家的喜爱。

不过并不是每个孩子都能够拥有幸福的童年和正常的家庭，有些小孩子从小受尽了父母的糟蹋与折磨，纯真的心灵已经不再，邪恶的本质早就深埋在稚嫩无辜的外表下。这样变态的小孩子随时在等待一个机会，一个报复的机会，一个让这些坏到透顶的大人，付出过去用尽各种方法虐待羞辱他们的代价。很不幸，在这群溜直排轮的小孩子之中，就有这样一个小孩子，我大意了，我疏忽了，我注定要为我自以为是的轻率而付出惨痛的代价。

一如往常，只有我一个大人带着这群小孩子溜起直排轮的接龙游戏，那些小孩子的父母乐得省事，他们终于可以在家好好看电视，反正有现成的白痴爸爸帮他们带孩子。孩子很容易得意忘形，一旦学会熟练了某种运动技能，常常会想证明自己比别人行，害我必须一路大声地告诫提醒，小心小心再小心！突然间，出了事！本来在接龙队伍最后一位孩子竟然脱队往前冲，完全没有刹车地直直往下冲，结果在路口转角处撞上了路边围篱护栏。还好她有戴全套护具，只受了点皮肉伤而已，惊吓过度的她却已经说不出话来。

"小乖，很对不起，你并没有遵守我在出发前所订下的规矩，两个月之内，你不能跟我们一起出去溜直排轮，你好好反省反省吧！"

赏罚分明是我的原则，两个月之内，小乖只能在旁边看，除非她学到了做错事的教训与团体生活的纪律。小乖似乎很不甘心，她认为我故意排斥打压她，她的父母也很不谅解，认为其中必定有鬼。

"妈妈，你知道吗？叔叔教我们直排轮的时候，都会偷摸我的屁股！"有一天小乖带着无辜的受伤表情跟她妈妈哭诉着，"后来我叫叔叔不要这样，可是他就很凶地骂我，所以我现在根本不想跟大家一起溜直排轮。"

第二天在小区公布栏上出现了一张匿名的检举信函，上面写着："本小区出现一位可怕的色狼，请各位小朋友一定要小心，绝对不要跟这位叔叔玩，否则他会摸你的屁股喔！"

在第一时间内，有位熟识的邻居目睹小乖贴了这张告示，我带了数字相机先拍照存证，然后准备后续的法律动作。不过，我知道法律程序只是最后不得已的自保手段，民事诽谤和刑事的公然侮辱都可以同时提告，但是这种案子就算告成功，通常都是易科罚金草草了事。但是我先要试探一下那些平常叫我没事就照顾他们家孩子的邻居，他们对于这些事情的看法，以及他们的正义感指数有多高。

"小王啊，你应该知道我的为人吧！如果是你遇到这种鸟事，你不会善罢甘休才对，人的名誉是第二生命，不是吗？况且我在媒体圈也算小有名气，提告乃必要之手段。你当场目击了现行犯贴那张告示的过程，你是证人，你愿意帮我出庭作证吗?"

"唉,这种小事干么搞那么大呢?我……其实那天我也没看清楚,而且我觉得以和为贵嘛!"

连续问了三个曾经在我家吃烤肉,喝红酒,谈人生理想,编织有梦最美的好邻居,结果答案几乎都是跟上面的回答一模一样。

透过这一件事,我又再度看清楚人的本质。

万念俱灰之际,我想起了过去那位狗仔日报的新闻部长官跟我说过的一句话:"毁掉一个男人很容易,第一个最传统的方法就是捉到他偷情搞外遇的证据;第二个最狠的方法就是,说他除了性侵以外,还有恋童癖。"

以前我跑过一个新闻,单亲爸爸离婚后自己带女儿过生活,很苦很累,但是父女俩很幸福。妈妈离婚后跑去做直销,三年后赚了一笔钱,开始后悔当初把女儿的抚养权给了爸爸,现在很想把女儿接回来一起住。一开始,妈妈每天下课都去帮忙接孩子,求爸爸让她跟女儿可以在傍晚度过两个小时的亲子时光,妈妈在这两个小时内,带女儿去吃冰激凌和牛排,用尽各种办法来满足女儿的物质欲望。

"你跟爸爸过得很穷对不对?"妈妈问。

"爸爸都没有带我去吃牛排和冰激凌。"女儿回答。

"那你想要每天都可以吃到冰激凌和牛排吗?"

"当然想啦!"

"那你听我的话,照我教你的话去做,保证你以后每天都有牛排和冰激凌。"

"真的吗?"

"妈妈怎么会骗你呢？这种游戏就叫做冰激凌与牛排吃到饱的游戏喔！"

一个月之后，法院把女儿的监护权重新判给了妈妈，原因是因为女儿在庭上指控爸爸对她性侵害。

小虹，这些故事带给你什么启示呢？第一，那就是世界上真的会有一些坏人在旁边对你虎视眈眈，而你一定要保持高度的环境危机意识警戒状态，事先察觉危险人事物即将发生的前兆。第二，你跟我的幸福美满状态，也随时有人会在旁边伺机而动来搞破坏，我们的完美，会让那些不完美的组合心生怨怼。所以，做人一定要低调，做好人更要十分低调。自己的小孩请各位父母自己花时间照顾好，亲子共学共游的崇高理想，不只是让大家把孩子拿来互相作比较。话不要乱说，玩笑不要乱开，任何不经意的轻佻字句经过录音笔录音后制剪接，绝对变成十分劲爆精彩的经典名言，法庭上播放之后让你哑口无言含冤认罪。

男人们，爸爸们，真心地奉劝你们一句话：有女人在，有孩子在，玩笑千万不要乱开！men's talk 的男人聚会，酒酣耳热之际，更是要小心你所讲的每一句玩笑话，已经被你的麻吉好友用录音笔录下来，原来这位好朋友跟你的太太早就有染，他们之所以暗通款曲是想要谋夺你的财产。做人很难，做男人更难！

赌徒岁月之麻将生涯一场梦

小虹，世界上有两种东西绝对不能染上瘾，那就是赌跟毒。爸爸如果能够在第一次考上大学的时候就顺利毕业，现在不是当上新闻局长的话，好歹也是某家电视台的高级主管，原因就出在我一上大学就迷上了打麻将。朋友之情是愈赌愈淡，愈赌愈烂！

小时了了，大未必佳，人的一生，起跑点绝对不能太顺利。爸爸在那所中部一流私立高中毕业后，一九八七年，以第一志愿高分录取辅仁大学大众传播学系新闻组，少年得志大不幸啊！最爽的当然是爷爷，他早已经为我铺好以后毕业回乡发展的康庄大道，继承他在地方上的所有人脉，选个市民代表或县议员拓展金脉，有钱有势之后，除了毒品和枪什么都能卖。

现在考上大学不稀罕，没有考上大学才是很好笑。当初岳飞被秦桧夺命连环发了十二道金牌后被赐死，我考上大学之后，则是得到十面金牌，挂在脖子上，有点像是大甲镇澜宫妈祖金身的感觉。十面金牌全是爷爷那些因金钱而在一起的好朋友送的，包括第一到第十信用合作社的主管，很不幸的是，这十位好朋友最后也因为爷爷没钱而跟他分手。成也钱，败也钱！至于那十面金牌呢？为了偿还我后来赌桌上的债务，身体发肤受之父母，我选择不让我的十根手指头被人剁掉，乃孝之始也，于是忍痛让十面金牌全都进了当铺。

位在新庄的辅仁大学是个好地方，只可惜爸爸不上进，没有好好珍惜这样宝贵的好时光，否则现在可能拥有新庄副都心的好几栋捷运豪宅。第一天新生训练报到的时候，我听到了大学天主教堂悠扬的钟声，好神圣，好感动，让我想到了"圣堂教士"那本漫画书。到了钟声第七响的刹那，我突然灵感来了，就跟月经冷不防就来了一样。话说古人是七步成诗，我是钟声七响之后当场做了一首打油诗：

唬人唬人有够烂，辅仁大学学唬烂！

真是才华洋溢啊，年轻得志的我，神采飞扬，意气风发，准备好好把我的唬烂本事，在新闻科系的专业上大放光芒啊！

后来，我果然先在牌桌上大放光芒，大显身手。像我这么一个来自彰化淳朴乡下的孩子，突然被丢进台北花花世界的大染缸，一下遇到一缸子来自南北各地的优秀学生齐聚一堂，心中的自卑感不禁油然而生，发现来到台北之后竟然没有一样比得上人家，原来在彰化我也只是井底之蛙。但总要有一样是赢人家的吧！果然，彰化人就是敢拼肯干，林爽文之乱不就是跟清廷搏命吗？我跳上了赌桌跟人拼输赢。

十赌久诈，被诈久了，也开始学诈别人！小虹，为什么我说赌博跟吸毒的本质很像呢？因为那些怂恿你赌博的人都会先这么说："我们玩五十底二十块一台，朋友好玩而已，小赌怡情嘛！"

"可是我不会玩吔！"

"没关系，我叫帅哥小四教你，小四可是麻将学园全国比赛冠军喔！"

一开始这些朋友会让你多和几把尝点甜头，你打太慢的话人家还会耐心等你。终于你打上瘾了，连春夏秋冬，梅兰竹菊这样的花色都摸得出来。五十块一底加码到二百块一底，其他三家联合好好让你一次输到口袋见底，内裤露底，然后邪恶地笑着问你，没钱还债的话要用什么来抵？赌博真的是人性的天敌，自以为打遍天下无敌手，最后只能跑路躲债不见容于天地。

一九八七年的台湾，解严后的大鸣大放，解除报禁与党禁的美好年代，充满了多少让年轻大学生一展长才的好机会啊？我要是能够每天乖乖上课，花几个小时在图书馆看看麦克鲁蛋的路边摊传播理论，以及阿莫多瓦的西班牙变态后现代电影的话，我现在到底又是如何呢？学姐还会在二十年后跑来电台当我的公司董事吗？而我却在生活温饱边缘跑跑我那卑微人生的可怜龙套？

赌徒性格的特点，就是输了就想翻本。赌徒绝对不要承认自己赌技不如人，他会怪上家盯太紧，下家在你快自摸时却乱放炮，对家没事上厕所搞乱你的磁场运气。但是赌徒从来没想过，这些大大小小的赌局，都是别人早已设好让你甘愿纵身跳下的一个局。坐在你后面专门倒茶水的小弟，可能就是诈赌集团精心安排的一枚棋，瞄到你手中的牌之后，小弟用左手拿烟就表示你听索子，用右手拿烟表示你听筒子，电视转到三立台代表你听边张三筒，转到八大台代表你要卡八万；难怪，不管你听什么牌，就是邪门到底，要不到也和不到。花花世界专出诈赌老千，赌徒梦醒总是没有明天，从来就没想过每一次的对阵，命运从来不是主动地掌控在你自己手中。

四年后，被退学的我在酒店沉沦，一场猛爆性肝炎差点夺去了我的生命。病愈出院，我的人生重新归零，虚弱到下床走路都双脚无力，那年我二十二岁。

大学生跑路了没？
恋曲一九九零，真爱一世情！

　　小虹，说真的，我是鼓起了很大的勇气，才会跟你说这些关于爸爸的不堪往事，这有损于我在你心中的好爸爸形象吗？你还会以我为傲吗？人一生下来都是跟白纸一样纯洁的，就跟你那纯真的面容与可爱的笑声一样，但是环境的转变会慢慢地让人变得不完美。长大后，试着坦然去面对自己的不完美，接受自己的不完美，然后有一天你也开始能够包容并体谅别人的不完美了。这样的人生，便算是达到一种彻底不完美之后的另一种完美状态，换句话说，有点见山不是山，见水不是水，大破大立，废墟重建，后阿扁时代的新台湾人价值重整味道。

　　话说二十年前的台湾，景气真的好到吓死人，叫大学生好好地待在图书馆和课堂，不去外面花花世界打工真的很难。钞票真的太少，诱惑实在太多。当时爸爸欠了一屁股赌债跑路之后，期末考有人在教室门口堵我，所以我没去考试被退学了。现在电视有一出谈话性节目叫"大学生了没"，我当初如果也演一出"大学生跑路了没"，收视率必定吓吓叫（高得吓人的意思)。

　　爱赌博的人没朋友，债主在找你，朋友则会躲你。不得已，我到农安街的一家台式酒店上班当少爷。二十年前的台湾，每个月都会随时更新十大枪击要犯名单，而这些枪击要犯最喜欢去的地方就是这种台式酒店，黑龙也来过，黑牛也光顾过，他们给小费就跟中元普度烧冥纸一样，一整沓一整沓直接丢在桌上。看过这样的大场面，晚上拿过一万块的小费之后，我跟你保证，没有一个大学生会想乖乖在白天回去上课读书。

　　当时台式酒店最流行的一种喝法就是绍兴酒加话梅，把整罐的绍兴酒倒在公杯之中，为了多拿一些小费，我跟围事大哥想出了一个刀口舔血多拿小费的狠招，弄不好会出人命，搞得漂亮可以大赚一笔，收入跟酒店围事二一添作五分账。没办法，少爷跟围事如果处不好，有甜头不主动乖乖上缴，那你就是皮在痒讨打。

　　"大哥，不好意思，我帮你们加点茶水，酒会退比较快。"我卑躬屈膝地拿着一壶上等的高山乌龙茶进到包厢。

　　"看，你是白目吗？为什么把茶倒到绍兴酒的公杯？活得不耐烦吗？"全身上下刺龙刺凤的大哥怒拍桌子喝道，他的皮肤已经没有一处空白，全部刺青刺到满，丝毫没有一点安藤忠雄的美学概念，不一定要把东西全部填满的留白 sense。

　　"不好意思，我……我以为那是茶杯，因为绍兴酒跟茶的颜色很像，我……不然我把这个已经混到茶水的绍兴酒公杯，我……把它全部喝掉好了，向各位大哥赔罪，然后我再拿一瓶绍兴酒给你们！"

我二话不说把公杯拿起来直接往喉咙灌,不是用喝的,是用灌的喔!

"水喔,不错,有气魄,这些拿去当小费,拿去看医生买药,拿去治花柳病,反正拿去就随便你去冲三小都行!"

一沓千元大钞丢在桌上,江湖大哥只要对了他们的口味,行情就给它熊熊拿出来,让你知道义气是三小。

一个曾经考上过大学的少爷,很快就会被有帮派背景的酒店围事看上眼,如果你不想混帮派的话,少爷的另一个出路就是自己出来当大班,手下跟着一批小姐,让你大赚黑心的皮肉钱。

很多酒店小姐的背后都有一段辛酸往事,她们可能是台湾东北角海滨某个矿坑工人的孩子,为了工作拼生计而来到五光十色的台北讨生活。一开始当酒店会计很单纯,算钱记账不用应付客人,但是只要你的姿色不错,这个大染缸的厉害本色就是能够把无辜少女推进火坑来逼良为娼。笑贫不笑娼的社会,真的很可怕!

"小如,你当会计一个月才二万五,反正你长得那么漂亮又像梁静茹,不如……下海来陪陪那些火山孝子的二百五,唉,拼命守着你那块水草丰盛的田地只会让它任其荒芜,想开点,对你的生活也是不无小补!"

单纯的女孩一旦下海,一切都将于事无补。

这样醉生梦死的生活过得很快,下午五点上班,早上五点下班,下班就去赌博电玩机台换一大堆代币把钱输光,然后回家睡觉。有一天,以前的大学同学小李打电话给我。

"靠腰,七早八早刚刚才准备要睡,不然你是在吵三小?"

"晚上我生日要不要过来?有一票清纯女大学生会来喔!"

"上次圣诞节你骗我说有一群小护士会去唱歌,结果我到那边之后只看到两个老护士,最后还要我埋单,这次你再唬烂的话……"

"我用人格保证,来不来随便你。"

没办法,小李是以前大学同学之中唯一肯跟我的,他还算够意思,偶尔会打电话给我,鼓励我再回大学去读书。不过他跟我在一起的最大好处,就是出门唱歌喝酒都是我出钱罩他,其貌不扬的小李,身边会有一些大学女生跟着吃喝玩乐,这些女生多数属于丑胖型,不过我还是很乐意跟这些恐龙妹瞎混,毕竟弥补了一些我被退学的心理创伤与自卑。

小李跟我约在林森北路的钱柜,我事先再三跟他严正警告,如果我到了KTV包厢之后,没有让我好好地唱十首歌,没有让我听到大家如雷的掌声,我绝对不会埋单,服务生进来清桌面我也不会给小费。小李最爱面子了,跟我这个好野人出去更有面子,因为我的裤子后面口袋随时都会放一大沓花花绿绿的钞票,明明只是买一条口香糖,我也会抽出那沓钞票,从第一张的千元大钞,用手指沾点口水慢慢地数到最后第三十张的百元钞,这些都是我在酒店的血汗皮肉钱小费,过了大概二十秒,才缓缓地抽出最后一张百元钞给对方。这个动作是跟第一代彰化台客学来的,这位第一代台客就是你的爷爷。

"好同学,你来了喔,我跟你介绍,这五个女同学是台大历史系最有名的系花美女,外号叫台大五姬姬喔!这位叫做洁西卡,她就住天母,呧,跟你家住很近,不是吗?"

"你好,很高兴认识你。"

今天小李带来的这几位同学算是素质还不错,尤其是这位洁西卡,看起来干干净净的,不会脏脏的,跟我这两年认识的酒店妹是完全不一样的味道。

"洁西卡,你知道吗?我同学可是个才子喔!他最近休学想要到外国留学,因为他看不惯台湾僵化的大学教育体制,他很喜欢看新浪潮电影,楚浮的和高达的断了气之类的,他最近想要去法国自助旅行,很酷的喔!"

小李脸不红气不喘地说道,害得很久没有脸红的我都不好意思起来。这时候服务生进来送茶水和欧西莫利,我二话不说很帅气地拿出两百块小费。台大的女生果然是气质温柔婉约,很客气地请我唱今天的第一首歌,一番寒暄推托客套之后,我有点腼腆地拿起麦克风唱起黄大炜的《让每个人都心碎》。

  城市一片漆黑,谁都不能看见谁
  ……
  我让自己喝醉,没有你我就不能入睡
  ……

爸爸的声音真的不错,绝对是在街上用深厚丹田男高音叫卖烧饼的武大郎投胎转世,洁西卡深情地看着我,我则专注地看着电视的字幕,小李很配合地帮我调升降 key,现场气氛深情而且寂静。在间奏后进副歌的时候,我把杯中的陈绍加话梅一饮而尽,用灌的,不是用喝的!我想到了当年考上大学的时候,爷爷兴奋地放着鞭炮摆了二十桌酒席的盛大场面,我跟彰化老县长黄石城握手合影的那一段画面；我记起了第一天进大学的时候，看到了漂亮的兰萱学姐带我们进到文友楼，神采飞扬地告诉我们美好的未来就在前头，她那热情的笑容，坚定的口气，希望我们这四年要好好努力；我回忆起新闻学的于衡老师，上课迟到怕被他赶出去，只好匍匐前进趴在地上溜到教室最后一排的窘样。

爱情怎么让每个人都心碎，怎么去安慰

……

从此再也说不出，爱上谁

……

爸爸用尽这辈子所有的感情唱完后，眼眶有点湿濡，屁股也有点脱肛的现象，今晚是我被退学后最快乐的一天。

"你就顺路送洁西卡回家好吗？"小李眨了个眼睛对我意有所指地说道。

我配不上洁西卡的，我心里头的 OS 说道。但是她似乎也没有拒绝的意思，是我全身上下的浪子味道让她为之倾倒，还是我刚刚那首让每个人都心碎把她完全迷倒？

顺着中山北路二段到七段，我骑着新买的 DT 越野摩托车，迎着夏日夜晚的徐徐轻风，鼻尖飘来洁西卡飞柔洗发精的阵阵发香。我骑的速度很慢，闷热的空气好像凝结静止了一样，真希望我的人生就完全停止在这一刻，不要前进，也无须倒带。她略带娇羞地把手扶在车后，不敢用双手直接环抱在我的腰上，她跟我之前认识的女孩有点不太一样。

"我不是想吃你豆腐，只是你的双手轻轻地扶着我的腰，不要放后面,这样骑车会比较安全。"我终于开口对洁西卡说了第一句话。

"那你不要故意紧急刹车喔,不然我会想喝台大对面的青蛙撞奶!"

"我紧急刹车跟奶茶有什么关系?"

"你长得超像一只大青蛙,你一刹车让我往前撞到你,那不是青蛙撞奶吗?"

超有梗的,原来看似文静的洁西卡也是个咖喔!

转进了中山北路七段的山路上坡处,天气变得有点凉。

"会冷吗?"我问。

"有一点。"洁西卡回答。

"那就抱紧我。"我很坚定诚恳地说。

"变态,我才不会冷!"洁西卡被我逗到忍不住笑出来。

"那你知道为什么现在你又不会冷了吗?"

我很认真地问她。

"为什么?"

"因为我的热情将冷冽的空气完全融化。"

"你以为现在演琼瑶喔?"

"你是不是有点喜欢我啊?"

"臭美,你要不要去路边撒泡尿照照自己?"

"我很认真地告诉你,你可以喜欢我,但最好不要爱上我!"

一路谈笑,我们不知不觉骑到了文化大学阳明山上看夜景的最佳地点。今晚即将改变爸爸的一生,亲爱的小虹,洁西卡后来成为你的妈妈。

"我也很想去法国咃！"洁西卡说。

"我带你去好不好？"我说。

"不过你要答应我一个条件，现在离七月大学联考还有三个月，你明天跟我到龙门补习班报名，如果你考上辅大法文系的话，四年后我就跟你去法国。"洁西卡说这段话的表情不像是开玩笑。

第二天我辞掉了酒店工作，每天早睡早起到补习班报到，三个月的苦读之后，八月发榜，原本可以上政大，因为分数很够，我只填辅大法文，就这样，我重新回到了学校。

小虹，人生就是这样不断地归零，再出发。失败跌倒不要害怕，只要能站起来，没什么好怕。

另外补充一下下，如果有人认为我这本书都是在唬烂的话，那么我用人格和性命保证，老婆倒追我的这一段绝对不是画唬烂。

大学生该做什么

我跟朋友聊天的时候，常常都会谈起我大学八年的岁月。不要误会，我不是读医学院，我只是比别人多读了一次而已。第一次是在混日子，体验从小学开始被禁锢十二年之后的全然自由，一种为了自由而自由的肤浅自由；第二次读大学则是在曾经沧海难为水的战战兢兢心情下，珍惜每一分每一秒可以让我接触书本的日子。我发觉，一般台湾大学生所做的事情，几乎都是美国高中生所玩的游戏：团康、社团、联谊、舞会跑……浑噩不知终日，两眼发直，睡眠不足，直到学分修完、总算低空略过，很不小心又莫名其妙地突然毕业了，踏出社会的第一步找工作后才开始忐忑惶恐。

爸爸终于大学毕业之后，曾经短暂担任采访新闻并帮别人立传写书的工作，有一次到美国采访一位小留学生高中毕业后进入大学的生活点滴，她叫小丁，读的是费城宾州大学U Pen。小丁告诉我说，她高中读的是内布拉斯加州一所鸟不生蛋的学校，但她在学校是拉拉队长等多项社团的风云人物，成绩普通，可是课外活动的表现让她在申请大学时加了不少分，所以才能够进入这所全美国顶尖的名校。她的青春期搞怪童年十分多彩多姿，每天就是跟着美式足球队长男朋友一起狂欢鬼混，不过在她当上高中毕业舞会的皇后，她的成年礼在跳完最后一支慢舞后便正式结束了。

小丁的美国大学生活基本上是这样子的：早上六点起床喝完咖啡后去慢跑五千公尺，七点回到宿舍准备今天的课堂口头报告，八点到学校上第一堂课，一直到十二点在学校草地上吃野餐当中饭，顺便看看纽约时报和华尔街日报。一点钟的时候躺在草坪上小睡一下顺便做日光浴，一点半开始下午的另外三堂课。五点下课赶到健身房做重量训练锻炼一下，六点钟到餐厅吃完饭后马上就进图书馆报到。十点钟图书馆关门回宿舍上网查资料准备明天的报告……星期一到星期五活得真不像人样，星期六疯狂开舞会彻夜狂欢，星期天早上睡到日正中天好好补眠有够爽，星期天下午做个瑜伽伸展操，准备下星期重新再拼的收心操。

那么台湾的大学生如何度过他们充实的一天呢？请允许我这样形容：我的黑夜比白天长，我的夜晚比白天精彩，我的白天都在睡觉，我的晚上都在上网！

晚上六点到士林夜市漫无目的地四处逛逛，这是某些台湾大学生一天的开始。手上的行动电话从来没有一刻停止过对话，吃饱喝足，人声鼎沸，众声喧哗，起哄续摊直接尬到大直美丽华。坐坐摩天轮，吃吃爆米花，回到宿舍打起麻将哗哗哗，喝酒划拳玩起国王游戏吐得稀里哗啦，糊里糊涂不知跟谁一起睡着，隔天中午起床满脸豆花。要是心血来潮还想上最后一堂课的话，带着粉饼口红准备到学校为自己的五官上上彩妆，上完妆也刚好下课，又是一天的开始，真的是明天会更好。

台湾的孩子们在青少年时期过度压抑，导致在大学过度解放，总想要把自己失去的自由一下子全部讨回来，结果却在毕业之后陷入永难翻身的不自由。找不到工作，失去了经济独立的自由；赖在家中靠老爸老妈养活，失去了脱离父母振翅高飞遨游的自由；就这样好死不如赖活地准备过一辈子，盘算着年迈的爸妈何时早点快快死去，把都更（都更，即都市更新，类似于内地的旧城改造）后的老家变卖换现，好好享受挥霍遗产的败家子自由。不自由，毋宁死，老头子，赶快给我去死！

小虹，在你高中以前，我会给你全然的自由；上大学之后，你要独立去寻找人生中属于你个人的自由。不过我发誓，我绝对不会像你爷爷一样，让你去读六年的私立中学并且住校。

从你上小学的第一天，一直到高中毕业当天，我每天都会接送你到学校，我会随着你所读的各个学校来搬家，尽量让你能够跟我一起走路到校，一步一脚印，陪你走过这一段人生。

不过等你上了大学，希望你能够学会生活自主管理与自我约束的纪律，日后好坏全凭你自己了。你并非生在豪门之家，毕业后不会有台湾百大企业的主管位子等着你；我也没有等待都更的精华地段老公寓留给你，世界之大繁华淋漓，纽约、巴黎、雪梨和柏林，你将走遍地球留下每一步雪泥鸿爪。所谓真正的自由，就是无入而不自得，四海为家，世上没有一处角落容不下你。

今年爸爸公司来了几个教育部补助辅导就业方案的年轻人，薪水二万二千块一个月，企业聘用这些毕业后却已经失业一年的大学生，不用花一毛钱，因为为了降低失业率，自行掏腰包花二万二让企业收留他们给个机会。令我讶异的是，其中有两个台大外文系的毕业生，长得很漂亮，高中都是北一女毕业的高才生，我问她们怎么会毕业一年了都没工作，她们说外文系四年读了一些莎士比亚和吴尔芙的经典文学，演过几出罗密欧与朱丽叶之类的英文话剧，考过最高级的英文检定，每科考试都中上，平平顺顺地毕业后投了一堆履历表，心想台大外文系的招牌应该会有雪片般的热情回信才对，可是事实却不是这样！

她们当初如果读研究所或许会不错，读完硕士念博士，留在学校当助教做讲师，等待副教授的缺，再等着卡教授的位置，可是这样的美梦很快又破碎，天不从人愿，没想到几年后，拼改制升格的结果使得台湾大学过剩招生不足，好不容易当上了教授，却必须面对系上只招收到一名学生的窘境，系废了，教授只好去流浪。

大学四年毕业后的她们为何找不到工作？因为她们没有在这四年内好好地想尽办法去培养毕业之后的"就业力"。英检考过之后，或许她可以立定志向去当个补教名师，大二就开始去补习班打工，看看那些名师到底是用什么方法来吸引如此多的上课学生？喜欢莎士比亚的话剧，大三就可以到金枝演社及小剧场担任演员跑跑龙套，了解一下真正的剧场表演是如何从头到尾运作。或者是单纯地爱说英文，会说英文的话，为何不多修点新闻与口语表达的课程，暑假拼了命挤破头到电视台实习打工，看看英语新闻主播面对镜头的风范与气度，说不定你就是未来的华视英语主播。没办法唉，高中之前她们可能就是应付考试的高手，上了大学之后已经失去了任何应付考试之外的热情与动力，光凭着老天爷赏给她们的天赋和聪明，活在从小到大都是第一名的亲戚朋友赞美声中，依样画葫芦地，用过去应付大小考试的方式在大学准备混过四年，然后顶着台大毕业的光环继续活在得意自满以井窥天的小小世界中。

"一年后，一个月两万二的补助结束后，你以后想做什么？"我问。

"留在这边啊！"她说。

"很难，你一个月两万二，那些资深员工一个月五万五，他们会做的工作你也全部都会做，但是你留下来会害死他们，因为老板会把所有人的薪水都降到两万二，所以资深员工会想尽办法把你晾在旁边，最好把你当冰箱，然后软硬兼施把你逼走。懂吗？这就是社会，社会最容不下的就是来破坏行情的人，你们注定会被牺牲，会被时代的洪流牺牲。"

说这些话的同时，我的心中也很难过，但这就是现实。如果你只想要在某个职位去取代别人的话，很快，你也会被别人取代，所以一个大学生毕业投入职场之后，绝对要培养自己的"不可取代性"。

你会讲英文，那你有没有想过多修门捷克语的课，日后可以到捷克教人讲中文？正门走不通，台湾英文名师一大堆，不去走走偏门试试看怎知道行不行！就像有法国人来台湾跟李天禄学布袋戏，有美国哈林区黑人来台湾学中国功夫，这些人就是懂得变通，知道"条条大路通罗马"这个道理，不是吗？

网络成瘾症之戒断历史回顾

对不起，亲爱的小虹，爸爸又犯了老人家爱说教的毛病，开始吹牛自己浪子回头金不换的伟大过去。言教不如身教，我还是说说自己低级不堪的过去，你应该会比较爱听。

最近网络成瘾的现象已经成为教育专家最担心的问题，连黑道招兵买马都透过脸书 facebook 来装可爱冲人气。我说网络就像是潘多拉的盒子一样，只要一打开，各种妖魔鬼怪都会跑出来捣乱，防不胜防。但你要是懂得利用网络的话，那真的是受益无穷，高中三年根本不用到补习班恶补，因为你在家就可以边看书边上网查数据。

举例来说，你桌上的历史课本刚好翻到了一九四九年国共内战那一段，课本写得很简单，但是你却用心地搜索关键词进行深入探讨研读：四平街战役、长春围城、徐蚌会战……并且把所有的词条整理成有系统的笔记，这么一来，考试不拿高分也难。但是百分之九十九的孩子都做不到！因为计算机同时开了好几个窗口，实时通叮当叮当的呼叫声，随时传来朋友的声声呼唤。爸爸也是这样走过来的，但是差点得到血淋淋的教训。

老婆怀孕之后，老公基本上是没有人权的，小虹你知道吗？你在你老妈肚子的那九个月，爸爸闷坏了！于是我开始上网，在网络交友网站留下我的假名来当征友数据，凯文就是我的网络代号，我每天从早到晚就是沉迷挂网跟女人聊天。

"你好，凯文吗？我是凯莉。"

"嗨，我是一个很平凡的中年男子，为何你会想跟我聊天呢？"

"好奇吧，尤其是你曾经历练过那么多事，有一种中年沧桑的成熟感觉，不会像年轻人那么猴急，聊天的第一句就马上问援不援的问题。"

"你不问我结婚了没？"

"你也没问我有没有男朋友，不是吗？"

"平常喜欢做什么？"

"我住内湖，工作地点在东区安和路，我平常最喜欢走路上下班，走很快的那种喔！"

"太强了吧！要参加健走比赛吗？"

"不是。我以前是个胖子，你们说的恐龙妹，第一次想要援交赚点生活费，就被客人打枪赶出旅馆的门，我后来发誓一定要瘦到五十公斤才要复出江湖。"

"现在呢？你的江湖在哪里？"

"我一七一公分，现在四十九公斤，每天出门还是健走，一趟下来至少有十个男人尾随搭讪，我根本不需要去援交。"

"不需要援交的话，为何还会到这个台北都会聊天室网站，你明知这个网站是寻芳客的最爱。"

"所以你是寻芳客啰？"

"不是。你可能不相信，我是一个人类社会学家，目前正进行网络行为研究田野调查？"

"你太好笑了吧，那我给你调查。"

"真的吗？是很严肃的人类学访谈喔！"

"一言为定，而且知无不答。我先下线了，因为现在有客人进门要来买沙发床了，拜拜！"

凯莉就这样消失在我的计算机荧光幕上，让我觉得好失落好怅然。时光彷佛回到了我十七岁的第一次恋爱，脑海中充满了对于凯莉瘦身成功后的种种美好幻想。她几岁？真的援交过吗？她卖沙发之外，还有卖别的吗？要是有一天我去找她买沙发，沙发打开变沙发床，刚好四下无人，她却叫我坐下试试弹簧的硬度有没有很刚好，并且还要脱掉鞋袜，牵着她的手一起在上面跳啊跳，那该如何是好？是在哪间家具行呢？是那间很台味的"莉莉家具应有尽有"吗？我难道就这样对不起你跟怀孕的妈妈吗？我还是人吗？不，不能想到那方面去，有那样龌龊的想法就是禽兽，甚至是禽兽不如。第二天晚上夜深人静时分，我又再度上线，非常明显的网络成瘾初期症状。

"嗨，我是凯莉，凯文你还没睡吗？"

"正在喝点小酒，想着我悲惨人生的微不足道小事。"

"为什么一个人喝闷酒呢？"

"为了遗忘！"

"遗忘什么？"

"忘了我的耻辱。"

"什么耻辱。"

"偷偷跟你上网聊天的耻辱!"

"哈哈,凯文你好有趣喔!"

"对了,凯莉,你昨天答应要让我进行人类学田野调查的,不是吗?"

"对啊,你尽量问。"

"我采用的是法国人类学者利瓦伊屎一坨的研究方法叫做'深描'(Thick description),问的内容会很详细,但这是为了要结合受访者的深层潜意识与童年创伤阴影的双重心理治疗法,所以务必请你要老实回答。"

"利瓦伊屎一陀是不是Levi's牛仔裤的发明人呢?"

"是他的美国表弟啦,不要吵,我要开始问了喔!"

"有屁快放吧!"

"第一个问题,请问你个人有没有使用情趣用品的习惯?"

"没有,你好变态哋!"

"很好。第二个问题,那有使用按摩棒的习惯吗?"

"没有啦,就没有用过情趣用品,怎么会用按摩棒?"

"我说的是按摩肩膀的那种按摩棒啦!你不要此地无银三百两,自己想歪露馅好不好?第三个问题,那有用过跳蛋吗?"

"超瞎的哋,就都没用过,还用什么跳蛋?"

"你很心虚,我说的是那种会跳的扭蛋玩具啦!"

"你这算哪门子的田野调查啊?"

"不要吵，我已经得到结论了。你来自乡下农家，家中有一片开心农场，你最喜欢下田种菜，所种的菜都很奇怪，都是瓜类的居多，比如说小黄瓜、茄子、丝瓜和胡瓜，对不对？"

"真的吔，你怎么知道？你好厉害。"

"所以你抗拒任何资本主义加工出来的人造产物，你崇尚自然，热爱台湾制造 MIT 的农产品，这就是爱台湾啦！你喜欢下田自己 DIY，所以你的房间地上全部都竖满着乡下采收回来的各种尺寸小黄瓜。"

"哈哈哈，凯文，你怎么知道捏？下次我亲自弄个凉拌丝瓜给你吃好吗？有加酱汁的喔！好了，不要闹了，跟你聊天很愉快，可是我明天要上班，拜拜。"

我跟凯莉就这样连续聊了六个夜晚，爸爸白天两眼发直、眼眶发黑，上班打哈欠，尿尿总是对不准小便斗，妈妈叫我三次以上才会听见。这是重度网络成瘾的显性病灶了，快没救了！到了第七天，网络上又跟凯莉见面，我知道快要出代志了。

"说真的，凯文，想约我出去吗？"

"好啊，可是我不知道你长怎样吔？"

"明天中午一点我请半天假，我在内湖德安百货前面的华歌尔内衣专柜等你，我穿黑色窄裙跟黑色网袜，细肩带的深紫色露背上衣，加上高跟鞋大概一七七公分，如果你觉得我是恐龙妹，不用下车叫我，一点五分要是我还等不到你，我会识趣地先走，我知道你把我打枪了。"

"一言为定，那你不想先知道我长得怎样吗？"

第四篇 社会写实之夜市补教人生

"你下车叫我,我就会看到你的庐山真面目了,要是你真的盖离谱,我会给你一百块钱,补贴你来这趟路程的加油钱。"

超有 FU 的!想象得到吗?已经快四十岁的男人,竟然还有机会再来一次黄昏之恋,心脏比较不好的人,早就冻未条要去医院做 CPR 电击急救了。隔天中午,我跟公司告了假,怀着兴奋且忐忑不安的心情,准时将车子开到内湖德安百货。

天啊,不会是她吧!眼前的凯莉绝对有机会进入凯渥的名模行列,年纪大概二十岁,甜美的声音很嗲,超短的窄裙跟屁股很贴,带着酒窝的脸庞笑起来有点邪!

"你是凯文对不对?你现在要把车开走还来得及!"凯莉弯着腰,性感地靠在我摇下的车窗旁,用着十分撩人的姿态对我说道。我突然觉得自己好像在美国洛杉矶,我变成了休葛兰,凯莉就是路上的阻街女郎正在跟我谈价钱。

"上车吧,想去哪儿?"

"天涯海角,去哪都行。"

爸爸是一个很感性的人,看着身边坐着的凯莉,露出两截漂亮修长的网袜美腿,很少男人能够逃离这样的天罗地网,全身而退的。可是我开始想到凯莉年纪轻轻的一生必定在背后藏有很多故事,以她的条件,不需要冒着危险与陌生网友进行这种盲目约会。就在这时,我的耳边忽然响起辅大法文系神甫跟我说过的一句话:"恶魔会伪装成天使,以各种面貌出现,但最可怕的是,住在每个人灵魂深处的心魔。如果有位女子在你面前准备宽衣解带,而你觉得这么做并不适当,要是你能够冷静地帮她把扣子重新扣好,带她穿好衣服离开,那就表示,你已经成功地达到除去心中魔障的阶段。"

我将车子直接开到大直美丽华,途中经过了三家汽车旅馆,但是我都没有停车。凯莉跟着我,不知我的葫芦里面到底要卖什么药,我们到了诚品书店之后,开始在书香世界中闲逛了起来。只不过凯莉有点怪,她大概十分钟就会跑一趟厕所,告诉我说要去补妆,没事就紧盯着手上的行动电话屏幕若有所思地发呆。刚好,趁着她上厕所的空当,我选了几本法文实用会话和卢浮宫的艺术介绍书籍,拿到柜台叫店员买单打包,准备等一下给凯莉一个 surprise!因为我记得她跟我说过,以后如果有钱想到法国流浪。

"凯莉,眼睛闭起来!这是送给你的见面礼物,希望你有一天达成梦想,到法国之后要记得寄张明信片给我。"

"你……你为什么对我这么好?"凯莉突然哽咽起来。

"我不知道你跟其他网友见面之后是怎样?可是今天我做这些事情很快乐,送给你喔,帮你圆梦就是让我得到喜悦的最大满足。"

凯莉竟然哭了起来,满脸泪水地对我说道:"从来就没有人对我这么好!我好难过,你让我想起了十岁那年就负债跑路离家的爸爸,没有人给过我父爱,而你却对我这么好,我不知道该如何回报……我……"

"靠北!我怎么变成你爸爸了?好啦,不要这样,等一下要去哪儿?"

"带我到大直捷运站,我有事先走,对不起!"

就这样,我目送着凯莉的身影消失在大直捷运站入口。爸爸错了吗?爸爸真的又错了吗?难道爸爸真的错了吗?送书错了吗?人不招忌是庸才,致中召妓是蠢材!我跟漂亮的凯莉在一起,有人嫉妒我吗?我又不是召妓,老天爷为何不给我个机会呢?给我爱的一发呢?带着落寞的心情,回到家继续上线,却看到凯莉淡淡地写道:"凯文,你是好人,凡事要小心喔,保重。"

自此之后,凯莉就在网络上消失得无影无踪。

三个月后,我在报纸社会头条新闻中看到凯莉的照片,新闻是这样写的:

辣妹援交黑道恐吓集团,仙人跳诈骗科技新贵熟男

【本报讯】警方今天在北台湾知名的汽车旅馆,破获了一个以辣妹网络交友为饵,将许多渴望恋爱感觉的已婚熟男,骗到晕头转向的一个黑道恐吓集团。辣妹们将熟男约出后,直接就到已经串通好的汽车旅馆,辣妹事先通过电话联络,告知早已守株待兔在汽车旅馆门口的嫌犯同伙,被害人所开的车辆牌照号码。等待肥羊一进到汽车旅馆要入房时,嫌犯先与被买通的监理站人员查到相关车籍资料,再跟汽车旅馆内部的工作人员联络,在房内装好针孔,将这对男女燕好敦伦的细节全部录下,事后便将光盘寄到被害人的公司,直接进行勒索诈财。据估计已有十二名被害

人隐忍付钱不敢报案，歹徒所得不法金额已经超过五千万。

当时要不是佛心来了，救了我一命，爸爸现在就变成台湾最猛的男优光盘主角了！这就是网络的真相，虚拟世界的假象，一切看起来都很自然美好，不过每个人的骨子里都各有盘算。

亲爱的小虹，我的好女儿，最后送你一句话：如果不能看透网络的虚幻假象，你就无法实际体验人生的美好真相。每个人这辈子都会被某些死的东西控制住，比如说抽烟喝酒这种轻度成瘾物品，厉害一点的就是赌博毒品这种会让人散尽家财并且出人命的重度成瘾物品。可是你想想看，好好的一个活人，为何要被这些死的东西控制住呢？小赌怡情是没错，适度使用吗啡可以当成医疗麻醉用途，但是你知道节制吗？网络成瘾的问题，就在于人们不知道节制。爸爸亲身经历过，期盼你引以为戒。

第五篇

爱不需要敲锣打鼓

爱不是做给别人看的,难道你听过有人没事『做爱』给别人看吗?爱自己的孩子,更不是做样子让别人赞美的,所以爸爸跟你出门玩耍的时候,几乎都是安安静静地看着你微笑,尽量不打扰你,也不过度赞美你,更不喜欢大小声鬼吼鬼叫。以爱之名,很可怕,以父之名,听起来就超有压迫感的,不是吗?记住喔,小虹,这本书是给你以后帮我守灵打发时间看的,就当做是『父后七日』的奶爸卡卡搞笑版吧!

如何看待身体与裸露的艺术：
关于奶的故事

小虹，爸爸的工作并不是一个很赚钱的行业，不管是平面出版媒体、广播业和电视台，媒体这一行已经是注定要没落的夕阳产业。在网络信息泛滥的时代，每个人都可以架个部落格当网络新闻版主，在 youtube 当公民新闻记者，只要你敢秀，够搞怪，就可以一夕爆红，变成一个普普艺术大师安迪沃荷所说的：十五分钟的名人。不过在爸爸采访许多名人的生涯中，倒是曾经遇过一些还蛮有趣的大人物，在与他们互动的过程中，的确学习到不少宝贵的人生经验，这不失为是工作之余的加值效益与额外收获。

台湾有个来自新竹内湾大山背的客家籍漫画大师刘兴钦，一个快八十岁的快乐老顽童，他的赤子之心和他所创造的大婶婆漫画人物同样都令人尊敬佩服，尤其是他对于女性身体的正面健康态度。

话说爸爸在台湾被定义成暴露狂，因为我喜欢展现胸肌露奶，很讨厌穿上衣，最主要的原因是爸爸很会流汗，第二个原因是爸爸超喜欢晒太阳。如果外头阳光普照,我却必须待在冷气房上班,老爸的心情就会很不爽,老爸一不爽,就会想办法翘班出去晒太阳,一晒太阳就会想脱上衣,一脱上衣就会让其他对我窃窃私语,交头接耳的路人不爽,看到路人心生嫉妒与自卑而不爽,老爸的心情就会更爽。后来我有一位心理医生朋友是这么诊断我的,他说:"很明显的,你已经罹患了日晒强迫症,这种病在北欧的寒冷国家比较常见,在台湾这种亚热带地方是很少看到你这种怪胎的。"

还记得漫画大师刘兴钦每次接受访问时,有一个小小的习惯,他一定会谈到自己在大山背乡下的"吸奶达人"经验,说到他吸遍全村妇女的乳房的感人故事,一个舍己为人的大爱精神,即使吸到已经喝不下奶了想吐,虽然已经上了国中快变成大人了,他还是坚持着客家传统日行一善的美德。他说:"世间善事无大小,每日一桩不可少,人生福报自己造,知足常乐心情好。"

这到底是怎么回事呢?原来过去在大山背的农村地区是一个著名的茶乡,村中的妇女都是刻苦勤劳的采茶妹,每天一大早就要出门到茶山工作,把一心二叶三片四瓣的东方美人茶叶采完放在篓子里,每次到茶山工作一趟下来都要大半天的时间。客家人认为多子多孙多福气,所以客家妇女几乎在四十岁之前的生育年龄都是生完就怀孕,怀孕完又继续努力生产报国,女人的生命就是在工作养家与传宗接代之间轮回度过,很辛苦。但是刚生完孩子的妇女又没那个命,可以待在坐月子中心休息吹两个月冷气,家境好一点点的女人,吃完几只麻油鸡与几碗中将四物汤之后，没几天便又要出外采茶了。可是茶山上的酷阳烈日与凄风苦雨，很不适合把襁褓中的小婴儿带出来风餐露宿，只好在家喂完奶之后再赶快到茶山卖力地工作。但是女人涨奶的时候说来就来，所以那些边采茶边涨奶的伟大客家妇女便想到了一个办法，请旁边一些正在玩耍的小孩子帮个忙，行行好积点德，帮她们吸奶，解除她们涨奶如硬块的人间至苦。

那时的台湾乡下，小孩子出门几乎是不带海绵宝宝水壶的，所以采茶妹的提议也算是解决了这些小孩子口渴的问题。想想看那个感人的画面，妇女们为了生活而勤奋地工作，小孩子渴了就喝喝她们天然的母奶，顺道让她们不再受到涨奶之苦。这不是天堂中圣母与天使之间才有的美好景象吗？女人的奶水，女人的胸部，滋润着大地与生命，这当中只有神圣，没有丝毫的猥亵与不敬，人类的身体本来就是纯洁的，不是吗？有问题的是那些外在的有色眼光，是那些有邪念的人用其他的歪斜角度来看待人类裸露的身体。

不过吸奶并不像大家所想的这么简单，所以我很佩服你小虹，我的乖女儿，你竟然可以吸妈妈的奶到两岁，你虽然夺走原本属于我的奶，甚至我试着跟你好好沟通协商过一人一个，用分享的概念来平分妈妈的奶，不过你很固执与坚持，绝对不让我碰妈妈的奶。两岁之后等到你终于断奶了，原本喜出望外的我，竟然得到更大的失望，原来妈妈停止喂你喝奶后，三十四C的胸围怎么可能一下子缩水变成三十二B呢？之前看着妈妈的上围一天一天不断地长大，心中本来还在偷笑暗爽，结果却发现女人一断奶之后,马上会被"打回原型",如同泄了气的皮球一样。好了,暂且不谈你妈妈的问题了,我在写这本书的时候,你妈妈对于我的不实夸大内容十分震怒,我已经接到你妈妈丢给我三次的离婚协议书了,所以再说下去,以后你或许只能周末来养老院看我了。

当初刘兴钦跟一群小朋友开始跃跃欲试地想喝喝看免费母乳,毕竟人肉咸咸,人奶甜甜,不喝白不喝!可是第一位小朋友试了半天却吸不出半滴奶,同样,第二位小朋友吸到满头大汗也是吸不到,第三位小朋友换了另一组奶还是吸不到,奇怪了,早上小婴儿都吸得饱饱的啊!原来吸奶还有个高门槛的特殊技巧学问,刘老师事后跟我解释道,意思大概是这样子的:"我之所以能够变成一个创意十足的漫画家,在于我对微小枝节的巨细靡遗的生活观察力。我曾研究过小婴儿吸奶的时候,充分利用到大气压力的真空原理,圆嘟的嘴型必须与奶头完全密合,不能让空气跑进去,两只手要不停地对乳房进行挤压的动作,节奏分明而且不疾不徐,不能浪费任何一滴奶水外漏,将上天的恩赐暴殄天物就是对母亲最不敬的恶行。"

刘老师掌握了吸奶的技巧之后,接着也垄断了所有大山背采茶妹的独家吸奶专利,一直到国中,他仍然是这方面的第一把交椅,这就是台湾第一代"吸奶达人"的传奇。

镜头回到爸爸以前在法国读书的时候,夏天最喜欢到南部普罗旺斯的海边晒太阳,把肌肤晒成像十八铜人般油油发亮,然后站在路边一动也不动,摆出黄飞鸿的招牌武打招式,变成街头艺人般地搞起行动艺术,旁边放个碗公,两个小时下来竟然也有几十块法郎的进账。在法国的海边,女人跟男人同样享有裸露上身的权利,露奶是法国的基本人权,连圣女贞德率领法军与英军打仗的爱国英雄油画中,左手持国旗,右手拿宝剑的圣女贞德也是毫不遮掩正大光明地露出她那小而坚挺的乳房。

法国女人在海边如果穿着泳衣胸罩晒太阳,反而会在背后晒出两条白线,回家后会被朋友笑她晒得不够均匀不够彻底,所以百分之七十的法国女人在海边都是直接露两点晒奶,丝毫不认为晒奶有什么好难为情的。法国男人也是见怪不怪,男人不会把目光投射在那些女人各式各样的乳房上,对乳房行注目礼是一种极端不礼貌的粗鄙行为。所以每当外国女子来到台湾海边旅游也想晒晒奶的时候,才刚从沙滩翻过身一睁开眼睛,却赫然发现眼前竟然有好几辆电视台的 SNG 车镜头对着她们的时候,心中的疑惑愤怒与莫名其妙是可想而知的。

在法国的第二年,爸爸有一位好朋友从台湾来找我玩,他带着老婆和五岁的小孩,也想到普罗旺斯的沙滩感受一下地中海的浪漫风情。于是我们兴冲冲地直奔最有名的圣陀贝海边,铺好花布餐巾与野餐盒,准备躺在沙滩逐着浪花与阳光,度过一个美好的法式下午时光。但不料事与愿违,这家人的表现让我丢尽这辈子最大的一次脸,从此以后我立定志向,只要我在法国读书的一天,绝对不再接待台湾来的亲友旅行团。请看VCR还原事发现场:

我的朋友:"哇,这些法国女人真大胆,乳晕黑得像过期的核桃也敢拿出来晒。"话说完后，马上拿起专业级的大炮长镜头咔嚓咔嚓地连拍十秒。

朋友的老婆："热得要命，赶快回家啦！死老公你不要一直拍好不好，我就知道还一直处在婴儿期的你，心理上根本还没有完全断奶，死变态！"说完后，拿起一把五百万的超大阳伞把自己完全遮住，全部的海边只有她一个人打着大阳伞，有一位莫名其妙的法国人走过去看到这幅突兀的景象，还直问旁边的朋友说，今天应该不会下雨吧！

朋友的小孩子说："羞羞脸，羞羞脸，大奶奶，没穿衣服好好笑。"边说边走到每一个露奶的法国女人面前，哈哈大笑。

小虹，场景回到我跟你在台湾公园游玩的画面。我跟你说过许多次，小时候我们在公园度过非常美好的一段时光，而且一待就是几个小时，我绝不催你。不过有一件事情让我在公园总是有点小小的不爽，我必须跟你坦承说明。

每次当我很高兴地把所有的玩沙工具放在你身旁，看着你在公园沙坑挖洞筑城堡的空当时间，偷空脱掉上衣晒太阳做伸展操的时候，却听到一群又一群迎面而来进行户外教学的幼儿园小孩指着爸爸大叫："羞羞脸，不要脸，没穿衣服好好笑！"

好尴尬，也只能隐忍着怒气不能开口骂这群无知的小孩子。而且带队的幼儿园老师根本不制止这些小孩子的无礼言行，脸上的不屑表情也把我当成一个有暴露狂的怪叔叔来看待，就这样让小孩们肆无忌惮地把一个没有半点侵犯性的陌生人当成怪胎来讪笑。也不能怪这些小孩子，他们的父母就是用这种充满羞耻丢脸的态度来教育小孩的呀！小孩子们洗完澡总喜欢脱光光乱跑，这些父母便会很严肃地说道："没穿衣服羞羞脸喔！"这些不懂事的小孩子便会因此养成对于身体产生一种极端羞耻及嫌恶的心态，不是吗？对于身体的裸露产生了极端变态洁癖与害怕，长大后就会对性这档事萌生某种病态的遐思与联想，这样的小孩长大后反而对于别人的身体更加渴望！

对于他人的不同要抱持着包容的态度，他人的身体裸露或者是奇装异服如果没有妨碍到别人的自由，你要学会视而不见保持尊重。有一次我们全家到马来西亚旅游，马来西亚是一个伊斯兰教义十分严谨的国家，有许多全身上下包着黑色头巾、只露出两只眼睛的妇女走在路上，她们会在这么热的天气穿这身厚重的衣服，也是她们的自由，不是吗？结果有一位与我们同行的台湾团小朋友，竟然跑到一位黑罩袍的伊斯兰教妇女前面大声叫着："Batman，你是蝙蝠侠，好好笑！"太让我丢脸了，不不不，是让所有台湾人都很丢脸才对！

小虹，青春期的你，不用害怕自己日渐隆起茁壮的胸部发育状态，更不能弯腰驼背掩饰上天正准备让你变成女人的小小身体化学变化。如果坐在你后面的男同学很不礼貌地笑骂你这个死波霸，恶劣地拉弹着你的第一件胸罩细肩带当成弹弓射小纸条，请不要犹豫，回过头马上赏他一个大巴掌，然后正经地板起脸孔告诉他："人肉咸咸，你是皮在痒，不知道我爸是谁吗？"

其实台湾有在进步啦！最近刚刚公布了一条非常具有先进

文明水平的法律，条文指出台湾妇女将可以光明正大地在公共场所把扣子解开喂奶，任何人都不能进行干预或者驱赶，更遑论还用以违反善良社会风俗的罪名将喂奶的妇女移送法办。这项法律的颁布让爸爸忍不住大声喊出平常我最不喜欢说的一句话："这就是爱台湾啦，台湾是咱的母亲，母亲的奶可以让大家公然亲亲啦！"

从此以后，我马上为妈妈用计算机绘图设计了一款潮T，每天准备都让妈妈穿在身上，T恤前面写着五个大字："喂奶皇帝大！"后面写着六个大字："奶小不怕人看！"并开始幻想着未来能够在公园的草地上，很悠闲地跟你一起依偎在妈妈的身旁，玩累了，口渴了，不假思索且毫不犹豫，与你同步将妈妈的上衣粗暴地扒开一起喝奶，一人一个喔！

结论是，有一次我真的这么做，很粗暴地，就像我跟妈妈的初夜一样，把我的圆嘟小嘴凑到妈妈红晕的乳头上准备吸一下，但换来的却是你妈妈火辣辣的一巴掌！

爸爸错了吗？难道喝奶有错吗？难道爸爸只是口渴想喝奶真的错了吗？

如何面对生命与死亡的态度：
关于爸爸对你的小小愿望

小虹，你从来没看过爷爷，爷爷也没机会抱过你，这是很遗憾的事。有时候，我在路边看着别人家的爷孙俩正在享受天伦之乐的刹那，免不了会想起你的爷爷，毕竟六十岁就结束生命的他，走得实在有点太快。你知道爷爷死前七天为我做过什么事吗？没有那七天，我不会与你妈妈结婚，成家立业，然后生下姐姐和你。

九二一大地震那年的十一月，是我跟妈妈从法国回台湾之后努力工作的第一年，我跟妈妈分别找到了一个稳定的工作，开始谈论婚嫁，筑起未来美好家园的梦想，同时很积极地在内湖找到一间二十坪的小房子，屋主开价四百万。当天我便打电话回家给你的爷爷。

"爸，我想结婚！"

"好事啊，你年纪也差不多了。"

"我想在台北买房子自己住，已经看到一间还不错的房子。"

"彰化工作不好找，你们夫妻以后留在台北也对，头期款多少？"

"六十万！"

"明天我送去给你，代书和卖方也叫来一起把过户数据签一签。"

"可是，爸……你不用先看一下房子吗？"

"是你们要住的，你们喜欢就好。"

隔天下午，肥大的心脏血管已经装着心纤维颤动机器的爷爷，一个人单枪匹马开车上来把钱交给我，淡淡地对我说了一句话："本来我希望你回彰化，但是现在你长大了，有自己的想法和生活。而且我在彰化也没事业了，这些头期款拿去，以后我不能帮你了，要靠自己。昨天我运气不错，总算让我签到六合彩的特尾号码，这是你的命喔，不然我连这六十万都凑不出来。"

七天之后我接到一通电话：爷爷过世了！他一个人骑着摩托车到医院急诊室门口，告诉医生说他快喘不过气来了，而这已经是爷爷第六次心脏病发作。经过三分钟的电击急救，除了胸前一大块的皮肉烧焦味道，爷爷并没有受到太多折磨与痛苦就走了。

死亡就是这么简单的一回事。小虹，所以我很珍惜现在能够跟你在一起的每分每秒，我也不期待未来你能够变成我想要你变成的某种人物，就像是我从来没有达到爷爷对我的期盼和要求一样。我总是让爷爷失望，没有乖乖地循着黄石城老县长或卓伯源县长的标准彰化人成功模式作业流程：大学一定要读完法律系，毕业后回故乡投入选举，然后当个名望斐然的地方人士。

小虹你会不知不觉地一天天长大，爸爸也会随着年岁增长慢慢衰老，走向生命终点，油尽灯枯，纵欲过度而死亡。放心，我会事先签好放弃急救同意书，如果你觉得我已经不行了，就不要勉强救我，好吗？可是你也不要太 over 喔！如果爸爸只是小小感冒而已，而你连带我去诊所付个一百块健保费看病都不肯，把我放在家里面等着办后事的话，那么你又有点太过分了。看情况，好吗？

说真的，小虹，爷爷走之前的十年，受尽了病魔的折腾，我在荣总医院陪着爷爷进进出出，住了好长一段时间。在医院很无聊，我闷的时候就会去产房隔着玻璃看看刚出生的小婴孩，结果没想到，十几年后出生的你，比起我看过的所有小婴孩都可爱。偶尔我会望着天空的白云胡思乱想，世上真有轮回的话，爷爷现在去哪儿呢？就跟我最爱的狗狗多多一样，多多死后又去哪儿呢？小虹你又是打哪来的呢？

爱要及时，我已经体会到这句名言的真谛，所以要是你良心发现，长大后也悟出对我行孝要及时这番道理的话，以下是我几项卑微的要求和低贱到不行的心愿，烦请你高抬贵手参考一下：

第一，每年父亲节的时候，求求你不要买领带和公文包这种俗气到不行的东西送我。有心的话，买一个真人比例版的高质量真实触感硅胶充气娃娃给我，林志玲或是安洁莉娜裘莉这几种类型版本都可以，男扮女装的白云或是许杰辉就不必了。

第二，如果我老了之后，真的有必要请外籍看护，麻烦你先请人力中介公司让我看照片过滤人选一下，至少找一个年轻貌美一点的，长得太离谱的话，老爸或许会提早离开人世也说不定。

第三，你跟同学朋友出去唱歌或者是去夜店跳舞，有漂亮的美眉，务必打电话通知你爸爸火速赶去，我会巧妙安排一次不期而遇的父女相见欢场面，请你们大家喝两杯，然后跳两支Nobody 和 Sorry Sorry 的劲歌热舞，保证让你露脸有面子，觉得有这样的爸爸真是光荣到不行。

第四，老爸如果外遇被你妈发现，准备带你到旅馆来个捉奸在床，人赃俱获的好戏，你一定要非常有正义感地跳出来跟妈妈说："这样做不行！"因为破门而入会侵犯到爸爸的隐私权，惊吓过度的我极有可能从此会阳痿不举。

就这四个小小心愿，你能办到吗？人在做，天在看喔，百善孝为先。

说话的艺术：
多说好话，少说闲话的人生哲理

小虹，爸爸是一个以说话维生的小咖广播电台主持人，所以深知什么叫做说废话。以前我访问过一个很有名的大陆作家叫做刘震云，他说："人们每天所说的话之中，有用的不超过十句！"

没错，爸爸除了对着麦克风说废话之外，回家也对着你妈睁眼说瞎话，没事拿起手机跟朋友聊别人的闲话，看到有人出糗尽会说些风凉话，从来不对哥儿们说出心底的真心话！我在跟你妈妈谈恋爱的时候就曾经犯了话多的毛病，因而曾经被你妈妈在花前月下的浪漫氛围中斥喝道：

Shut up and kiss me!

吻了妈妈的血盆大口之后，我才终于恍然大悟，恋爱中的男女应该把嘴巴的功用放在亲吻对方的嘴巴上，而不是拼命说一些屁话。

在我的工作内容中，访问来宾最重要的一个要领，就是开场白绝对要简短，千万不要超过三十秒，很快地把第一个问题丢给对方,让他畅所欲言,把他心理潜意识的语言脉络一一表达现形,你便可以从他的回答中伺机找出第二个更直达他心坎的好问题。举个访问某位作家的例子来说:

"在你这本《夜游之子》的文学创作中,我们看到了超越性别的 cross over,如果大家看过白先勇的《孽子》,也看过马森的《夜游》,那就不能错过这本《夜游之子》,你对于这样的评价有什么话要说?"

一个受访者如果被我这样一问,必定会觉得他要进一步地好好说明,他不是白先勇,也不是马森,他这本作品的原创是独一无二。但是他听到我那简短的开场白之后,又会有点暗爽在心底,毕竟这样的提问在某种程度来说,已经触及他的心底深处悸动,将他归列为第一流的作家之林,这样的说话方式就叫高层次模拟提问法。而最差劲的提问则是下面这种触及个人隐私的直捣黄龙、低层次降格方式。

"请问你这本书写的是你个人的同性恋经验吗?说说看好吗?你本身有考虑出柜吗?也有人说你是白先勇第二,你觉得呢?"

如果跟一个初见面的人用这样粗暴的方式进行第一类接触,我不认为后续的对话会激荡出任何美丽的火花,倒是有可能产生针锋相对的擦枪走火。也没有任何人喜欢被归类为"某某人第二",懂吗?小虹,所以常常有人说爸爸是新好男人,长得像李李仁,才气洋溢有如朱学恒,帅气挺拔如蒋友柏,简直是优质熟男蔡诗萍第二。听到这样的赞美,其实我心中都不是很高兴的,因为老爸比他们优太多了。

小虹，爸爸在你两岁之前，常常带你到信谊基金会的儿童俱乐部，只要一到这种人多的公共场所，爸爸有种特别的习惯，那就是尽量不要跟你大声说话，也不随便对你大叫：

"不行，不要！"

我会配合你的视线所及玩具目标区停下来，静静地看着你准备如何发挥你的创意和想象力来组合这些玩具，除非你正试着将手上的玩具吞到肚子里面去，否则我不会吩咐你各种强制的指令；我会亦步亦趋跟着你小小脚步所停下的每个地方，让你有充裕的时间去探索这个奇妙的世界，绝不会用着咄咄逼人的口气把你半拐半骗地强行驱离现场，只因为我累了或是心生无聊；你想停下来研究地上的蚂蚁或是树上的小鸟，我都会拿出最大的耐心与你进行深度观察。不论晨昏与你度过安静从容的两人时光，便是你的童年与我的中年最温馨的片段。等待四周一片寂静，身边没有过多的干扰与声光刺激，我跟你骑着脚踏车或是推着婴儿车漫步在公园和街上的时候，我才会轻声细语地发出清楚的各种单字声，复习你所看过的一切景物，教你说话。

"小虹，鸟，飞飞飞，小鸟飞飞飞。"

"小虹，狗，汪汪，狗狗汪汪汪。"

"小虹，便便，狗狗在便便，oh shit！"

话不在多而在于精，你对于我所说的每句话也会很注意听，毕竟一岁的小孩子会说出标准英文"oh shit"，实在很少见。与你这样的相处模式，果然在公共场所让你从小便一事流露出不凡的气质与沉静的从容大气。公园的溜滑梯常常看到一群妈妈大小声追着那些准备做出一堆危险动作的小孩子，这些好动的小孩并非讲不听，而是因为他们的妈妈讲太多，禁止太多，限制太多，说话的尖锐音量与超大分贝已经让孩子从小就学会充耳不闻，反而用更危险的动作来挑衅妈妈的忍耐极限尺度。我常常把公园的儿童游戏区当成德国现象学大师胡塞尔的人类行为观察场域，静静地坐在旁边，想象着这些已经无法跟妈妈好好沟通的孩子，到了青春叛逆期的时候，跟他们妈妈的关系会演变成何种模样。

爸爸以前自恃会说话，空嘴薄舌，花言巧语地造了不少口业，不过最近一次的出外采访经验，则是让我深切地反省知道，什么叫做说好话，造善业，话不用多，却能够字字句句打动人心，并且能够在无形中帮助人，拉别人一把。

几年前，云门舞集在八里排练场发生了一场大火，将许多演出用的精美道具全部烧毁了，其中包括已经过世的雕塑大师杨英风为《白蛇传》制作的藤编蛇窝，为了能够找到有经验的藤编师傅制作蛇窝，林怀民通过朋友介绍了一位住在彰化田尾的许添福老师傅，帮云门舞集成功复制了这个高难度的蛇窝道具。许添福先生的工作室旁边就是猪圈，生活过得很清苦，林怀民先生不愧是一个值得尊敬的好人，不久在许多媒体报道中，便出现了十分具有新闻效果的这段话："在猪叫声中看着蛇窝完成，云门就是从这样残破的所在，走出去到全世界，重建蛇窝的猪圈就是酝酿丰富台湾文化的地方。"

这段话具有高反差张力及故事戏剧性的超强模拟性：猪圈

与蛇窝,台湾与全世界!马上就有许多记者蜂拥至许添福的猪舍工作室找题材做报道,包括爸爸在内。当时我到了许师傅家中的时候,憨厚淳朴的他立即对我澄清说:"这是误会,猪不是我养的,我是跟人租这块猪圈旁的地,猪是邻居的。"

爸爸心中顿时对林怀民先生的仁心风范肃然起敬,这才叫成人之美啊!第一,林怀民先生说得没错,在猪叫声中完成蛇窝,他可没说许师傅边养猪边做蛇窝;第二,三十几年来,云门舞集的《白蛇传》已经演出四百多场,早已经扬威国际了,但是借着许师傅的感人小故事,说不定可以让大家关心一下这种身怀绝技老师傅的生活困境,进行后续深入追踪报道,这也是美事一桩啊!当爸爸拿着麦克风和摄影机对准许师傅进行访谈的时候,一生穷困默默为家庭付出的许师傅,他的眼神充满骄傲与喜乐,从一个勉力维持夕阳产业的甘苦边缘人,只因为林怀民老师简短的一段话,他得到这辈子最大的荣耀和关注。

小虹,你到了国小三年级吧,我猜应该已经会每天用脸谱和实时通跟朋友上网聊天了。我观察过,现在年轻人每天说话的时间太多了,包括用手机和网络聊天也算是。请原谅我用这四个字来形容:言不及义。奉劝你一句话,如果一群朋友在一起开始谈论另一个不在场的某个朋友的时候,千万不要加入这个话题,最好找借口离开,因为在背后谈论别人的是非,很可耻。万一你不幸加入其中的话题,又不小心发表一点小小的附和意见的话,非常抱歉,你所说的那句无心的话,将可能会被某位有心人放大扭曲,最后你便成了诽谤他人的始作俑者和元凶。

在法国什么人话最多,你知道吗?小虹,那就是没有工作的游民。你随便在巴黎街头拉个游民来访问,他可以滔滔不绝地跟你诉说他的人生故事,控诉社会的不公,他的怀才不遇、生不逢时,从钟楼怪人谈到《悲惨世界》,从文艺复兴讲到存在主义。

什么人话最少呢?!不论是台湾的宗教团体,或是世界各地非营利组织NGO,他们总是默默地付出,多行善少说话。

所以小虹你以后一定要小心满口舌灿莲花的嚼舌之徒,学会看透言语虚幻表象之下的人性真面目。现在的你正在牙牙学语练习说话,慢慢地,你不小心也学会了点言不由衷的假话,对我撒个小谎,对人说人话,见鬼说鬼话!不过你千万不要忘记,爸爸在这本书中跟你所说的每句话,如果……还来得及的话!

第五篇　爱不需要敲锣打鼓

解码的艺术：
打破偶像崇拜　八卦新闻解析

　　小虹，陈水扁前总统在与吕秀莲前副总统准备竞选连任的时候，我跟奶奶整整吵架了一年不说话。话说阿扁跟秀莲在台南遇到了两颗子弹的 319 枪击事件，我当晚打了通电话给彰化的奶奶告诉她说："我不敢说是假的啦，但是感觉怪怪的喔，明天你投票要考虑清楚啦！"

　　"夭寿喔，人家都在医院流血开刀了，这种没良心的话你竟然说得出来，饲你吃到这么大，你怎么会变得没血没目屎没心肝呢？"奶奶生气地说道。然后又一口气连续对我破口飙骂了六十秒钟，百年前彰化地区失传已久的正港在地三字经粗话顺口溜，四句联和对句的平仄押韵，江湖调以及都马调的歌仔吟唱，总共一〇八个字，一口气念完后就挂了我电话。

　　小虹，过了几年，马英九先生当了总统，台湾南部遇到莫拉克八八风灾，我看到政府救灾的危机反应速度有点慢，忍不住在跟妈妈一起看电视的时候说："马英九总统这次真的处理得不太好，竞选的时候不是说要苦民所苦，闻声救苦吗？"

· 182 ·

"闭嘴,不准你批评我的马英九,晚上你给我睡楼下,休想碰我一根汗毛,除非你好好反省一下自己说错了什么话。"妈妈咬牙切齿地对我说,说完后继续用着深情款款如痴如醉的表情,看着他最爱的偶像马英九的一举手一投足一颦一笑。妈妈的表情接近花痴状态,嘴巴开开地不停傻笑,露出刚补完的两颗金牙,以及门牙缝刚吃完卡住的韭菜盒残叶,空洞迷蒙的眼神陷入一种拉K吸大麻后的标准恍神状态,那样的神情我依稀记得在八年前看过一次,那就是妈妈每天迷上看韩剧《冬季恋歌》中裴勇俊一模一样的中邪表情。

小虹,我的乖女儿,崇拜偶像真的很愚蠢,不过要是我粗暴地禁止你去接触任何偶像崇拜的机会,不让你去看电视和网络的娱乐新闻,家里只订《青年日报》和《人间福报》这两份报纸的话,我不认为你就可以出淤泥而不染,搞不好会因此更变本加厉地成为死忠且盲目的偶像膜拜粉丝团成员,每天在机场和电视台追着各种偶像团体跑。

我个人非常认同和壹周刊的某些操作手法,刊登一些艺人挖鼻孔的失态画面,酒醉后在街上大吼大叫的打架镜头,或是顶着政治明星道德光环的立法委员被人跟拍到宾馆的劈腿现形记,我都认为这绝对是打破偶像崇拜最直接有力的方法。当然,做假的新闻十分不可取,做人要厚道,移花接木和道听途说的栽赃不实报道,大家一定要唾弃。

小虹,你上学之后,要记住一件事,表面斯文的娃娃脸男老师不是你的偶像,穿着很像警察制服的小区保安也不代表权威，会打篮球又高又帅的男同学更不是让你大叫"英雄、英雄"的膜拜对象，孙中山先生或许小时候真的很天真无知，那又怎样？谁规定教官跟你讲话就要立正站好？谁给老板权力让你每天必须穿窄裙和高跟鞋上班呢？在我读六年私立中学的住校岁月，要是当时有，或许我们同班的十几位男同学就不会惨遭某位男老师的魔掌和毒手了，不是吗？所以等你认识字之后，我每天会挪出时间来跟你一起读报纸和看电视新闻报道：全程陪你看，并且回答你的问题，进行深度探讨。

既然未来社会每天都会在媒体出现那么多血淋淋真实案例的报道，以精神病理学的后设立场来分析，这代表着现代人类文明发展的历程中，某些处在社会边缘的个体已经产生了某种程度的病态与异化，因此正常人为了要自保或是防患未然，必须要深刻了解到这些畸形变异现象是用什么面目伪装出现在我们身旁，然后伺机来找寻容易下手的猎物以进行荼毒残害。

Q：小虹，请问你，为什么捷运站某位夜归女子被强行掳上汽车，载到河滨公园性侵？

A：因为这名女子在夜晚街道行走时，忘记了最重要的自保要领，那就是一定要逆向走路，眼前可观察到所有路人和车辆的动静，才不会被人从后方掳走。

Q：请问你，为什么高国华开车和女朋友喇舌会被狗仔拍到？

A：因为高先生的前挡风玻璃没有贴上超黑又会发亮的隔热反光纸，他缺乏危机意识，因此也忘了在上车后立刻戴上只露出眼睛的全罩式面具，就算被拍到，也可以硬拗说那不是他。

Q：为何陈致中的车子要借给别人用呢？随便借车子给朋友会有什么下场？

A：朋友可能把车撞烂，事后也没钱帮你修理，更甚者是撞到人后逃逸，警察找出车主是你之后，朋友却硬赖是你撞的，跟他无关。

Q：为什么国中男老师会跟你在实时通聊一些有的没有的？

A：目的可能还不明确，不过为了自保，请将实时通聊天记录进行侧录存盘。

Q：为什么小区会出现一个穿袈裟的修道人每天叫你去他家玩wii呢？

A：他的修道人外表可能是骗人的，爸爸再三提醒好多次了，小心假和尚，社会上现在有很多这种冒牌秃驴。当然，爸爸的秃头是货真价实的无可救药。

Q：有一位前职棒盗垒王常常在电视卖治肝病药物的广告上说："他很不会说话，但是他说话很实在"，你的解读是什么？

A：他虽然很不会说话，不过找球员下注签赌却是很厉害。

Q：贺一航涉嫌3P召妓吸毒的新闻带给你什么启发？
A：存钱吃菜脯，花钱找查某。

Q：爸爸平常下班回家都是满身臭汗，为什么今晚回家身上却是洗得香香的？
A：有两种可能，爸爸刚刚去了健身房运动洗澡，但也可能去过汽车旅馆；为了要制造让妈妈放心的错误假象，爸爸可能连续三天跟妈妈说是去健身房，等到妈妈失去戒心之后，第四天就会偷偷跑去汽车旅馆，这叫三击鼓而衰的掩耳盗铃障眼法。

同样的道理，我会陪着小虹你每天花半个小时看电视新闻，但是会锁定某几条特定的新闻看不同新闻台的报道方法，让你从中去作比较，了解到媒体如何操弄阅听人，以及巧妙地进行置入性营销的不着痕迹手法。电视新闻人人都会看，可是内行看门道，外行看热闹，就是这个道理。

没看电视就不会有常识，有了常识就要多去网络 Google 维基百科，去图书馆看看相关丛书的理论分析文字，因为乡下人的未开民智，就是吸取了过多影像传媒的肤浅新闻所致，并没有将自己从耸动的劲爆新闻画面抽离开来，平心静气地好好去思考找寻新闻背后的真正答案。

　　新闻有真有假，就跟你以后遇到那些对你展开追求的男人一样，有的是真心爱你，有些则是意情虚假。他们的言行就和新闻报道没两样，从编码到制码一气呵成，瞬间让人迷惑，看不出其中的假！而爸爸从小训练你的这门独特解码功夫，将可以让你游刃有余地把人类行为虚假密码一一破解，不会轻易上当。

　　上了国中，你要自己走路到学校，坐公交车到图书馆，搭捷运去国家音乐厅看表演；上了高中之后，你会到纽西兰采奇异果游学打工，你会到贡寮海洋音乐祭跟一票正妹在沙滩扭腰摆臀狂野呐喊；到了大学，你会突然休学跑到撒哈拉沙漠找寻贝都因人的游牧踪迹，也可能想要跟男朋友当起背包客到欧洲浪迹天涯。真要这样的话，去吧，我的乖宝宝，别忘了寄几张明信片给我。爸爸在你小时候已经教会你如何应付各种突发的状况，你也可以轻易嗅出潜藏在身边的危险讯号。去吧，好女儿，长大后一定要出去闯一闯；要是你的身心方面受了点小伤，没事就想回家哭着找妈妈，你只会挨我一顿臭骂。

　　人的一辈子，没有人不会受伤，不过等你看透了人间的虚假，伤口痊愈结痂之后，有一天你会了解到真实与善良的可贵。看不透这点道理的人，通常会陷入其中而变得愤世嫉俗，过于单纯的人，身上则会累积一次又一次的伤痕无法痊愈。没有人是如同圣人般完美无瑕，就跟爸爸一样，我的缺点多到不像话。小虹，千万不要崇拜我，请你远离我，并且唾弃我吧！当你离我够远的时候，你将会重新认识我，并且了解我，最终体会到爸爸对你的爱。

　　这是小虹爸爸的查拉图斯特拉如是说,跟尼采和麦田捕手说的完全一样:虚无,真他妈的虚无透顶!够了,不要再谈这些俗套到不行的爱与不爱问题。

以爱之名：爸爸痛恨法西斯

小虹，这本书出版之后，关于内容的一些离经叛道和惊世骇俗的颠覆性言论，爸爸一定会受到很多社会各界正义人士的批判挞伐和道德审查，说我教坏小孩子和败坏社会善良风俗，我已经做好万全的心理准备了，让自己被绑在木桩上，硬着头皮、迎向四面八方，承受着那些朝我丢过来的大小石头。

"凌辱我吧，鞭打我吧，用低温蜡烛滴我吧，尿尿也没关系！"我会正气凛然地对大家说。

基本上，这本书不是给别人看的，这本书是写给你看的，说得更确切一些，是写给你以后在替我守灵做头七的无聊时间看的。我不是教养专家，没有资格教大家如何教出聪明又优秀的小孩子；我也不是常常可以坐头等舱的名人或有钱人，失业的危机和微薄薪水的经济窘境，让我几乎每天都喘不过气来。

我曾经问过自己一百次，爸爸到底爱不爱妈妈呢？妈妈到底爱不爱爸爸呢？妈妈爱的是爸爸健壮的身体还是俊俏的外表呢？或者妈妈爱的是爸爸多愁善感的浪漫特质内涵呢？而我爱不爱你呢？还是我爱的是自己？因为你是我的优良基因复制品，所以我口口声声说爱你，潜意识在于我爱的是我自己的复制品呢？

活到了四十岁的爸爸，却一直找不到什么是爱的结论。所谓爱，如果能够用某一种具体的言语或行动来形容表达的话，那只是属于一种法官判决案情所用的自由心证式的爱，不够面面俱到，有点轻蔑草率。以爱之名，其实很可怕，在父权社会中的垄断与独裁，法西斯主义式的服从权威与集体认同，以爱之名，却带给独立的个体更大的伤害，甚至是虐待：单向度的自虐狂与双向度的虐待狂。

于是，经过一番春秋战国时代名家之白马非马论的哲学思辨和脑力激荡之后，爸爸终于有了一个小小结论，那就是不要轻易地谈论爱与不爱的问题，包括对你也一样。

有一天你跟男朋友骑着重型机车在家门口扬长而去，却让爸爸倚靠在门扉旁吃了一鼻子的机车黑烟废气，这时候，我便体会到爱的另一种定义：那就是看着自己深爱的孩子，离自己的臂弯而去，并且投向另一个年轻陌生男子的胸膛，心中只有祝福，替你高兴，绝无难过与不舍。这或许就是爱吧，爱就是让你自由，爱绝不是占有。

爸爸在国中二年级放暑假的时候，终于可以脱离住校的军事化管理生活，短暂地回到家中住一个月，不过那个变态的私立中学为了要冲高升学率，休息一个星期之后，竟然还要我每天坐校车去学校参加资优生菁英标靶加强版的辅导课。不过因祸得福，在通勤岁月的三个星期当中，我也享受到了你的奶奶为我准备热腾腾便当上学的温馨甜美亲子时光。

学校中午钟声一响,我把便当盒一打开,感受到俗话所说的"妈妈的味道",真是他妈妈的有道理。每次我都把便当的饭菜吃光光,一颗饭粒都不剩,果然我是来自乡下农村的艰苦人好子弟,深知"盘中餐粒粒皆辛苦"的道理。

话说当年国中二年级,刚好大家都在发育转大人,吃完便当后,就是看黄色书刊的休闲时光,顺便帮助消化有益健康。同学小廖是我们大家的 A 书中盘商,外号叫"闻声救苦活菩萨",每天都会供应同学在厕所免费传阅观看黄色书刊。正巧轮到我去厕所的时候,小廖那王八蛋却拿出我吃完的便当盒准备恶作剧一番,他把一张猥亵到极点的黄色书刊全彩页撕下,然后偷偷地包在我的便当盒上头,外面再包裹着原本的旧报纸,神不知鬼不觉地再把便当盒塞进我的便当袋内。

放学回到家后,我习惯性地把便当袋子丢到厨房给你的奶奶去处理,然后躺在沙发准备看我的 NBA 篮球比赛。谁知道,我正准备看着湖人队的魔术强森与塞尔提克队的大鸟博德单打对决的紧张时候,突然听到你奶奶尖叫一声从厨房杀声阵天地朝我冲了过来怒骂道:"夭寿死囡子,不孝子不速鬼,毛还没长齐就在看这些龌龊玩意儿,我今天一定要把你打个半死!"

爸爸心想,哇咧,我是在看篮球赛,又没有转到"台湾霹雳火"或是"夜市人生"的台湾本土连续剧,怎么会听到如此生动的"爱台湾"乡土对白呢?只见奶奶左手拿着一页全彩的色情图片(我还记得是一个猛男邮差到一名中年熟女家中送快递按两次门铃的画面),右手拿着炒菜的大锅铲,一副准备置我于死地的可怕模样。

"妈，别这样啦，那是同学的书，他们故意要害我的！"我边跑着给奶奶追，连忙夺门而出，奶奶在门口顺势又拿了一根扫把，似乎绝不放弃地苦苦追赶我，此时巷口已经有一堆三姑六婆正在看这场人伦喋血的好戏，几个地方公正人士也好整以暇地清清喉咙的浓痰，缓缓地吐了几口烟圈，用着充满正义道德的感性口吻，准备对着眼前的警匪追逐画面做出"全民开讲"式的现场 SNG 评论。

"这个小孩子从小我看到大，五岁的时候就常常在巷口脱裤烂（也就是溜鸟的意思），今天他会看这种色情书刊给妈妈追着跑，我一点都不意外。细汉偷摘瓠，大汉偷牵牛！"里长伯说道。

"这个小孩就是被宠坏了，家里太有钱也不好，没事送去读那么贵的私立学校干吗？无三小路用啦！"邻长伯也加了一句评语。

最后奶奶没有追到我，我则躲到表哥家中一直到晚上十二点，爷爷才把我带回家。回家以后，奶奶的气也消了一大半，爷爷则是对着我跟奶奶说了一句话，这句已经列入维基百科的经典名言，后来也被阿扁学会了，成为公元两千年之后的台湾全民口头禅，他说："有那么严重吗？真的有那么严重吗？看个 A 书有那么严重吗？"

水喔，爷爷讲得真好。

小虹，让我们将画面切换到你阿姨在国中三年级的一则小故事。你妈妈是个台大毕业的高才生大美女，阿姨当然也长得不赖,只不过她从小六岁就被送到内湖一所学京剧的戏校读了十二年,我去看过她的毕业公演,《四郎探母》的小生扮相演得真是不错,可惜她住校期间常常被学姐和学长虐待,因此也耳濡目染地提早成熟并且社会化。所以我才一直说嘛,小孩子提早进入军事化教育的团体生活,学坏真的比较快,万一出了事又不敢跟爸妈讲,小孩子长大后就完蛋了。

不过这不是重点,重点是在阿姨国中三年级的生日那天,她把班上同学都叫到家中狂欢庆生,外婆也很热情地招呼这群活力十足的剧校学生,客厅干脆挪空让他们开起电音派对,不管是翻跟斗,后空翻和地板动作,都可以让身手矫健的他们尽情发挥。当然,生日礼物绝对不能少,看着满桌的礼物,阿姨笑到合不拢嘴,决定带着同学到好乐迪继续唱歌续摊。

好心的外婆,目送这群小朋友离去之后,开始整理起杯盘狼藉的桌面,把拆封的礼物和包装纸一一收好放进阿姨的房间。生日派对就这样准备画上完美的 ending 之际,突然间,外婆竟然从某一盒礼物的开封口,看到一支奇怪的突状物探出头来。外婆好奇地拿起礼盒打开后,天啊,不是一个头咃,是一个头两个大,传说中的"巨根":双龙抢珠!

外婆总算开了眼界,见了世面。第一次就开了这种黑人的巨根洋荤,重咸重口味的喔!

阿姨狂欢后回到家已经夜深了,她回到房间躺在一堆放置整齐礼物的床上,满足地带着笑容,度过了属于十五岁青春年华的快乐生日派对,沉沉地进入香甜的梦乡。外婆跟阿姨之间,仿佛什么事都没发生过。

十五年后,一个学京剧的小女孩,成为两家义式比萨餐厅的老板。阿姨嫁了一位我认为是来台湾发展之中少数正直善良的美国白人,或许是她小时候有被黑人吓到吧!要是当初外婆把这群小孩子的生日派对恶作剧,当成罪不可赦的行为来严厉处罚她,搞不好阿姨真的就会变成双龙抢珠的女同志也说不定。外婆的宽宏大量与一笑置之,就是教育小孩的最佳模范。

爸爸是一个无政府主义者,主张打倒所有的体制与认同、推翻家父长的霸权和偶像崇拜。这种无政府主义者的爱,也充份体现在我对你的教养方式上。我现在正式授权给你,以后你随时可以反驳我的意见,批评我的观点,交男朋友不需要先带来给我鉴定,大学读什么科系你自己决定。你将来喜欢男人或女人都是你的自由,想作任何决定之前不必先考虑到我的感受,因为社会观感是个屁,爸爸的老生常谈只会让你听到腻。飞吧,小虹,你生来自由,没有人可以阻挡你的自由,勇敢大胆地找寻你自己的天空吧!

活着真好：爸爸绝对不会放弃你

　　台湾的忧郁症比例占总人口数约两成，罹患忧郁症最多的族群竟然是十二岁到十七岁的青少年。原本是属于活蹦乱跳的青春少年，为什么会觉得日子过不下去呢？在都市中，那些被升学主义荼毒残害的孩子，或许他们父母的地位都还不错，相对，他们也背负了父母过多的期待与压力。每天只能拖着沉重的脚步，背着又重又大的书包，从早上七点上课到晚上十点回家。他们接受了体制的驯化却不敢反抗，只求早日解脱上大学能够自由，但是到了大学之后又不知道如何去善用自己的自由与身边的资源，惶惶不知所以地度日，每天闷在家中上网当宅男，毕业即失业，这不得忧郁症才怪！

　　亲爱的小虹，爸爸跟你说过"体制化"是一件很可怕的事，因为体制会把弱势的孩子排挤到边缘，筛选出体制内所认定的资优菁英，将所有的社会资源投注到这些资优生身上。这些所谓的"好孩子"以后会进入台大和哈佛，当法官和企业高级主管，部分有良心的优秀人才功成名就之后，可能会想要回馈社会、帮助弱势，但是少数恃才傲物掌控上流社会人脉的

第五篇　爱不需要敲锣打鼓

奸恶之徒，则会利用权势来捞取更多的不法财富，享尽人间酒池肉林的奢华幸福，就像台湾最近有一批贪赃枉法的超级奥咖法官一样：中午跟情妇吃羊肉炉开房间，晚上去跟被告犯人的家属收贿款一样烂到底。

那我希望你以后变成怎样的人呢？活着，我只希望你摸着良心好好活着，安分守己知足地活着。成绩不好没关系，你永远都会是我的好孩子；学校教育体制放弃你没关系，我还是会独立教导你成为好孩子。

爸爸一直很不喜欢自己出生长大的地方被人称做是黑道的故乡，长久以来更是一直无法释怀，以前故乡有位远房表哥，因为贩毒而被判处唯一死刑执行枪决这件事。同样的故乡沃土，两百年前一群来自福建漳州的诏安客，选择在彰化平原最富庶的地方落脚，有些优秀的子弟当了县长和教育部长，但是有些人却当了黑道老大和毒犯，这是为什么呢？

眼前的农村逐渐荒芜，有能力的人都想办法到都市讨生活，没有人想留在这片布满高污染黑烟毒气工厂的烂地方，像只刍狗般地任人践踏，苟延残喘。爸爸每次回到家乡总是非常心酸难过，良田变成了废地，田埂四周都可以捡到吸毒者留下的针头，街上呼啸而过的飙车族，正在催紧油门，用加装马力的双孔排气管来发泄乡下农村青年体内的过剩荷尔蒙。街上只有灯红酒绿的超大型豪华理容院和酒店，整个村镇没有半间金石堂或是小型书店。我心想，生长在这种地方的小孩子下课后能去哪儿？能够做什么消遣？

当黑夜来临，荒凉的农村四合院听不到爷爷讲古，儿孙嬉戏的温馨笑声,只有庙口网咖一群穿着黑衣,腰间插着西瓜刀,带着愤怒表情的少年仔,正准备将集结完成的改装摩托车编队出发寻仇,把白天来庙口呛声的另一群隔壁村帮派分子砍杀净光。这两个村庄,两百年前本是一家,坐同样一艘船渡过台湾海峡黑水沟来这边落脚;过去为了田圳灌溉问题,两个村庄多次联手跟鹿港方面的泉州人展开水源命脉生存之战的械斗,百年的手足之情深厚坚定。偶尔会遇到靠近南投番社的生番出草来犯,他们也总是团结在一起抵御外侮,可是没想到今日的下一代年轻人,却因为单调与无聊,为了摩托车的竞飙互看不爽,而拿起致命的武器互相砍杀。

故乡邻里的家庭多数非常贫困,只有一种人过得最好:那就是地方人士。这些村代表和农会干事,连任五六届的乡长和议员,大多数都有黑道背景。所以那些在学校功课落后,低成就感和低自尊的边缘小孩子,只好想办法找出路来证明自己,这些每天在他们眼前开着奔驰车呼啸而过的黑道大哥,自然而然就成为他们学习的榜样。我的远房表哥之所以堕落到吸毒和贩毒的不归路,就是活生生、血淋淋的例子。

爸爸最近看到一些少年杀手的故事很感慨,那些白净秀气的小孩子被戴上手铐,十八岁的眼神却是那么忧郁沧桑,他的家庭童年和学校生活到底受过什么样的委屈和不堪!当这些少年杀手把自己的行为归咎于"台湾的教育失败",我却认为这不是教育失败,这应该是整个体制的失败,就是爸爸之前所一直批评的那个该死的体制,这个体制的每一个环节,包括你我都是共犯。

话说少年杀手这句话一讲完，教过他的国中主任和老师马上跳出来，反驳批评他所说的话不负责任，深深不以为然。我认为这些老师也不用这么急着为自己和学校的清誉辩解，反正少年杀手也被关了，大不了叫他发表公开声明稿如下："本人所说的台湾教育失败，纯属个人看法，并非指的是我所读的国中和教过我的老师，本人在此郑重澄清，谢谢！"

这样可以了吗？老师有满意吗？少年杀手的学校也有考上台中一中和台大的好学生。不是吗？这个体制的所有共犯结构，正式宣布全都无罪开释！

少年杀手的阿公和阿嬷开卡拉OK店又怎样？他爸是吸毒犯又如何？你们这些当老师的想过吗？大多数的台湾乡下人，真的打从心里面搞不懂，为什么有的人可以放暑假两个月，放寒假一个月，然后又可以领薪水，带全家出国玩？为什么有些人可以准时下午五点下班，周休二日不用上班，带小孩子去大自然体验互动，没事到我们烂到不行鸟不生蛋的农村做乡土教学呢？而这些乡下人怎么办？大热天举着房屋广告牌在路口，十小时后晒到快昏倒，终于可以领八百块！买两个便当回家四个人吃，累到半死一定要多买一瓶米酒和保力达，否则真是对不起所有周润发的劳工朋友啦！

这样的恶劣环境之下，有些真的能吃苦的小孩子选择在体制内奋斗，有朝一日能够坐着北上列车到台北圆梦，但是意志力差一点的小孩子，天生带点狠劲杀气的小孩子，他们的未来就不会那么单纯简单了！有机会他们也想用另类走快捷方式的方式力争上游，扬眉吐气，有朝一日，他们也想进到这些地方人士开的大型酒店，朝着天花板射个十几枪如马蜂窝般泄恨一下，当着一百名穿着高叉旗袍的酒店公主面前，把一捆又一捆的千元大钞当做中元普度冥纸来撒，只要能够证明自己的存在，不管是什么铤而走险的机会都绝不放过。

谁放弃了他们？是他们自己吗？是学校老师吗？不，都不是，是这个社会，是这个社会体制用极其阴险的手法放弃了他们，神不知鬼不觉的，没有人可以正确地说出谁是元凶。一个又一个类似的少年杀手会源源不绝地出现，没有任何一个体制内的相关人员需要负起责任，冠冕堂皇的话谁都会说，这就是悲剧，典型希腊悲剧元素的本质。

小虹，没有人有权利去结束自己的生命和别人的生命，因为活着真好！爸爸绝不会放弃你，不管遇到什么挫折，你也不要轻易放弃自己，好吗？

第五篇　爱不需要敲锣打鼓

别怕，你不寂寞，爸爸永远与你同在！

　　现在的爸爸是一个外表猥亵，内心孤独的寂寞老灵魂，但是日子却过得很踏实。以前年轻的我可是最怕寂寞的，这也是我在年少时不断遇到挫折失败的主要原因：耐不住寂寞。只要不小心在网络上看到有辣妹在我的窗口上方写着：先生，你寂寞吗？我就忍不住会挂网跟辣妹聊天，聊半天之后约出来却赫然发现，辣妹原来是个恐龙妹。素来有佛心的我，还是忍不住给她两百块钱的车马补助费，然后很诚恳地告诉她："你不适合走这行，就算去整型，抛光打蜡，全身扳金，也不适合，找个正当工作吧！"

　　每天从早到晚只喜欢热闹瞎混，跟朋友穷吃喝的人，是成不了大事的。在某一个特定时刻片段，能够随时从容安静地专注做某一件事情，孤独地沉浸在自己的方寸世界之中的人，未来成功的机会比较大一些，当然这不包括躲在网咖连续打三天三夜的天堂宝物游戏，因为那叫网络成瘾症候群。

　　小虹，我很庆幸你来到这个世界上，当我第二个女儿，你的姐姐小扉也很高兴有你的陪伴，你们姐妹俩就算不出门玩,也可以安安静静地待在家中玩一整天办家家酒的游戏,听说家中有两个姐妹的小孩子活得比较久,长大后罹患忧郁症的机会也少很多。现代人如果肯结婚的话就很了不起,结婚后顶多生一个小孩就很屌,所以未来你们这一代的小孩子一定最怕寂寞了。

人都需要朋友,人都怕寂寞,但是人通常又不懂得如何去交朋友,特别是"好的"朋友,所谓的"好朋友"并不是长得帅功课好又有钱,我指的是好品格。人都会怕寂寞,但是又不知道该如何利用难得的寂寞,来与自己独处并且对话。所以孔子才会有感而发说:"君子慎独啊!"

交朋友是一种心理学所讲的找寻向外投射对象,借此与同类建立某种共同感情与经验的休戚与共之我群感(sense of ourselves),如果不小心把这种"我群感"过度扩大,就变成了搞小团体;如果又不幸变成了某种诸如"爱台湾"这类的小团体,便会产生排他性,开始心胸狭隘起来了。要是这个团体的带头领袖是行为偏差的坏朋友的话,这个小团体的未来走向不免会误入歧途,格局愈走愈小,终至走入死胡同。

在印度耆那教教义中的寂寞,则是修行者的最高境界,跟"向外投射"完全相反的一种内观意念,简而言之,寂寞的状态就是一种"自我的内在观照与对话"。就如同德国作家赫曼赫塞在《悉达多求道记》所提到的:在芸芸众生之中踽踽独行,走自己的路。

每次跟你到公园玩的时候,其实爸爸的神经都绷得很紧,

第五篇　爱不需要敲锣打鼓

尤其是在大型溜滑梯的地方，很怕遇到一些容易人来疯无法自我控制的小孩子，一不小心把你撞倒和踢倒。但是就算小虹你被撞倒在地上摔得鼻青脸肿，我也绝对不会在公园内骂任何碰你的小孩子，这样做太自私，我没有权利去骂别人的小孩子，这样会伤到小孩子爸妈的自尊心。我只是默默地带你到别的地方去玩，反正山不转路转，天地之大必有你我容身游玩之处。其实我的心里面还是非常同情这些爱玩调皮的小孩子的。

他们可能在家闷太久了，就像一只每天被绑在门口的狗狗一样，一松开狗链将野放到草地上之后，任凭主人怎么叫都叫不回来，最后主人看着爱犬终于叼着一块油滋滋的排骨肉回来大块朵颐，想要阻止吞下肚之际，却已经来不及了，一分钟过后，口吐白沫的爱犬躺在地上不断呻吟抽搐，原来是吃了毒饵而当场暴毙啊！

这些小孩子也只是爱玩罢了，他们根本没有体会到危险动作带给自己和别人的威胁性。换句话说，他在溜滑梯时的所有翻滚跳跃动作，只是为了吸引别人的目光注意力，因为他想交朋友，他需要朋友，他必须要用自己的独特本领来让大家喜欢他、认同他而已。不信的话，你等着看，如果所有的小孩子都离开溜滑梯，只剩他孤单一个人的时候，他爱怎么溜，躺着溜或倒着溜都随便他，但是他却反而不溜了。为什么？因为他一个人变得很无聊。

人是需要朋友的，有一天，在你生命中的某个阶段，你一定会觉得朋友比爸爸更重要。没关系，爸爸可以谅解。但是，对你而言，对一个有独立思想的任何生命个体而言，其实爸爸

· 202 ·

不重要，朋友也不重要，只有你，你自己是最重要的。所以要爱惜自己，疼自己，好吗？学会爱惜自己可不容易啊，会爱自己的人，才有能力去爱别人；不懂得爱自己的人，却常常只会用"以爱之名"的高调方式，以充满占有欲的霸权垄断之爱，活生生地折磨别人。

　　妈妈生了你之后，爸爸的生活没什么改变，烟照抽酒照喝。打牌浪费时间，所以戒了；之前提的那些风花雪月外遇出轨之类的，别听我瞎说，老爸有那个本钱嘛！（我放这个马后炮，好像有点此地无银三百两的欲盖弥彰味道吧。）我想表达的概念是，你小时候每天烦我，但我还是会尽量抓紧时间找乐子，绝不会把自己搞成一副可怜兮兮的苍白悲情奶爸样，这就是我跟其他爸爸的最大区别，懂吗？我先把自己照顾好，行有余力再来好好跟你相处；如果我连自己都照顾不好，那只会把负面情绪迁怒到你身上而已，别人怎么讲我都没关系，我早已学会不去理会别人的闲言闲语与恶意批评。

　　每一天早晨醒来，晨曦朝阳透过窗帘映照在你可爱的脸庞，又是美好一天的全新开始，而我把每一天都当成是我生命中的最后一天，我要尽全力来与你快快乐乐地度过。外面的残酷世界虽然弱肉强食，卑微的爸爸，就为了每个月一点点的薪水，必须忍受各种肉体上与心灵上的屈辱与凌迟，没关系，我也不在乎，晚上回到家之后，看着你拖着跌跌撞撞的脚步飞也似的叫着爸爸冲向我的时候，你的拥抱和你的亲吻，对我来说，已经再度让我有足够的力量活下去，继续与这个世界奋战，一直到你长大，直到爸爸年迈的身躯倒下为止。

亲爱的小虹，是不是故事就要结束画上句点休止符了呢？不，我们的故事，还在进行中……

后记：一个失败者的告白

　　我很希望一些只看财经股票杂志的爸爸，可以花一点时间静下心来看看我这本书，看看一个失败男人的真情告白之后，或许你们读完之后闷笑暗爽，会觉得比较快乐，赫然发现自己其实没那么糟糕。男人总喜欢与别人比较，台湾的贫富差距六十六倍，这也都是透过数字去分析比较出来的。男人一旦爱比较，自然就会产生一种相互悬殊对照之下的强烈失落感。

　　当路上的奔驰车从你的裕隆中古车前面呼啸而过，心中总是忍不住会有一种淡淡的悲凉感油然而生；当路边身材曼妙的辣妈从你身旁踩着高跟鞋滴滴答答走过，除了留下了一阵熟女贵妇的亚曼尼余香，足以提供给你好一阵子的中年男子性幻想之外，你会忍不住想要对身材发福的老婆迁怒骂几句话。但是别忘了，发福的老婆为你生下这么可爱的孩子，在生产的时候承受人类极限的皮肉撕裂痛苦，喂奶喂到奶头破皮发黑，会阴的伤口都还没有拆线！

　　各位妈妈你们好，看完这本书之后，你们才会发现自己的老公有够好，还好没有嫁到像奶爸卡卡这样的社会败类，不然人生就真的整组坏了！男人很闷，社会上约定俗成的功成名就指数压力，更是常常让男人的抗压能力破表。结了婚有小孩更闷，晚上办事还要挑小孩昏倒睡着的黄道吉日，所以尽量就不要再骂你家老公了，轻声细语的一句温柔话，晚上煮菜穿套性感女佣装，就足以让每天在外面冲杀搏斗的男人回家后，得到最大的安慰。百炼钢也成绕指柔，下体干涩就用威而柔，这个就是硬道理！

  一夫一妻制已经面临到人类有史以来的最大挑战，所以能不离婚就不要离婚，男人打老婆，老婆不大吼大叫，大家说好不好啊？请允许每个男人的心中都藏着属于自己的一些秘密，就让男人活到临终的那一刹那，在吉光片羽的人生外遇偷情岁月不断倒带回溯的画面中，带着微笑，带着这些不为人知的激情秘密，躺进棺材走进坟墓之中。如果真有上帝和佛祖的话，男人会接受公平的审判，一定公平喔，绝对不会让你戴着手铐大喊"司法不公，司法迫害"啦！

  阎罗王问：你为什么要偷情？

  男人回答：因为我想遗忘！

  阎罗王问：遗忘什么？

  男人回答：遗忘我的耻辱！

  阎罗王问：什么耻辱？

  男人回答：偷情的耻辱！

  阎罗王问：你在跟我装肖维吗？罚你把这杯孟婆汤喝下，就让你把前世的记忆遗忘个彻底吧！

此时在十八层地狱响起刘德华的"给我一杯忘情水"的背景音乐,男人的计算机主机从此把上辈子的内存全部清光,下一辈子的轮回还要当人吗?这谁都不知道,所以大家一定要把握当下,好吗?是个男人的话,请务必记住:无乐不做,无恶不做,爱不是用说,爱要这样做!尘归尘,土归土,男人在世屑归屑,一抔黄土就这么了!

最后,未能免俗地,我要跟亲爱的老婆大人说几句心里面的体己话。基本上,老婆你一直无法理解为何每天我都要这样嘻笑怒骂、游戏人间度日,从没有一刻是正正经经地跟你说话。我可以这么告诉你,要是我变得正经八百道貌岸然的话,那就是我开始对你说谎了。

我会天花乱坠地骗你在外面混得多开,老板对我多好,加薪有望,事业多忙,实情却是一阵瞎忙和穷忙,一旦谎言被揭穿,只好走向烧炭之途一了百了。我对未来没有信心,对于无法提供你们母女过上更好的生活这件事,长久以来心有愧疚并且耿耿于怀。我也不敢想象自己有一天失业落魄潦倒之际,还有没有最后一点勇气回到这个家,面对你跟女儿们的灿烂笑容?

有了孩子,男人已经没有权利悲观,也没有时间悲观,只希望醒来的每一天,真的又是充满着希望的一天开始!握着我的手,给我点力量好吗?

We go,We go,We go go go!

好啦,下次带你去薇阁好不好?都没带你去过,真不好意思……有八脚椅的那间 VIP 喔!我就给你绑起来,眼睛蒙上,百宝工具箱的家私给它拿出来，嘻嘻嘻……啊……福气啦！

  PS：我的好女儿，记住，喜欢动不动就说"爱台湾"的人，千万要提防；男朋友没事就问你到底爱不爱他的话，请你很礼貌地叫他去吃屎吧！总是把"爱"挂在嘴边的人，口是心非的居多，知道吗？

奶爸卡卡接受专访的精彩对话

记者： 请问卡卡你认为这本书是属于亲子教育类的吗？
卡卡： 我不知道，但是我只希望亲子教育专家不要批评我教坏小孩。

记者： 你为什么不敢用真名？
卡卡： 现代人有些很变态，动不动就扣人帽子，贴人标签，我不想成为大家消费娱乐的对象。

记者： 你不爱台湾吗？为何你一直拿"爱台湾"这三个字开玩笑？
卡卡： 我……他妈妈的比任何人都还爱台湾，只是"爱台湾"不应该这么随便地挂在每个人的嘴上，当成口号来喊爽的而已。最重要的是，我们要尊重其他有权利不爱台湾的人，他们可以爱美国、爱日本……老实说，爱，这个字，如果只是拿来说说而已，基本上那就已经不是真爱了。

记者：书中写了很多外遇情节，真的是你个人亲身经历吗？

卡卡：小说与文学是介于现实与虚构的一种中介质载体，一个写大江大海八年抗战的作家，并不一定要亲身经历八年浴血抗战，不是吗？

记者：你在模仿《父后七日》的写法吗？

卡卡：我来自彰化，彰化平原是台湾新文学之父赖和的故乡，这边的小孩有自己的创意与想法。毕竟，乡下的日子无聊又单调，因此很会天马行空地搞怪发想，九把刀也是。我认为网络世代的文学未来会走向大量复制、重制、混搭，进而误打误撞成为创新有 Fu 的一种路线，有点像"全民大闷锅"那种无厘头的模仿，但是东拼西凑之后，却又增添了许多娱乐效果，可以让你看完之后，偷偷地会心一笑，因为故事中的情节，真的确实就在我们身边发生过。不然，你认为九孔化妆完之后，真的像费翔吗？所以我这本书用了许多不同的元素来混搭，读者看完觉得好笑之余，如果还会让你们稍稍地思考一下，就达到我最初的本意与目的了。

记者：你真的会用这种开放的方式教小孩子吗？

卡卡：会！我之所以用奶爸卡卡这个笔名，是因为不想让我的小孩子太早看到这本书，或者是因为他爸爸写了这本书，而被她的同学和老师嘲弄揶揄。我说过了，这本书是让我女儿为我守灵做头七时看的，希望这本记录我的喜剧人生的笑忘书，冲淡死亡本身的哀伤气氛。让我的女儿知道"爸爸"这个一点都不伟大的名词，只是一个平凡有血有肉的凡夫俗子，我有各种欲望，也敢于与自己内心冲突的欲望与道德挣扎，并且作出最最真诚的告白。

记者：最近性侵害小女孩的案件很多，你会担心自己的女儿吗？

卡卡：性侵害小男孩的案件也很多，不是吗？比利时和爱尔兰等地的天主教会丑闻是多么可怕？请允许我这么说，你这个问题充满了对女性的歧视。我可以这么回答你，这个世界，性犯罪的问题只会愈来愈变态。变种的欲望就跟变种的病毒一样，每一天都会不断繁殖突变，让人类防不胜防。所以我再三强调，台湾的教育，一定要在适当的时候，教导我们的小朋友，学会人性善恶各半的一种概念：不知道夜晚的黑暗，怎么知道白天的光明？基本上，我不认为"人之初、性本善"这样的犬儒教育法则是对的，尤其是在这个充满网络陷阱的快速变化光纤年代。

记者：你对"体制化"充满了挑衅与不屑，为什么？

卡卡：最近欧洲天主教会神甫性侵男童的丑闻，就是体制化对于小孩子的荼毒的强性例证。体制化教导小孩要绝对地服从，服从学校的男老师，不能违抗神甫的话，上班要听公司老板的绝对权威指示，女人结婚后尽量要对老公的一切无理行为忍耐……体制化造就了一群无法独立思考和判断的小孩子，女孩长大后，也根本不知道要如何反抗这个充满男性沙文主义主宰的父权社会体制，这种体制是对的吗？我十分质疑父系社会的体制是否有存在的必要，回归到母系社会的人类，世界或许会变得更祥和更可爱。

记者：你老婆会拿这本书对你发飙做文章吗？
卡卡：男人的心中一定有许多不为人知的秘密，幸运的男人，有机会可以把这些秘密带到坟墓里，运气差一点的，活着的时候就已经纸包不住火藏不住秘密。每天我们翻开，看到有人偷情外遇被踢爆，心中除了暗爽偷笑，心底深处其实都还会有一种想法：还好，不是我被捉到！然后仔细研究报纸的新闻内容，了解到这对狗男女之所以被捉到的来龙去脉，接着慎重地告诫自己，绝对不要犯下这对狗男女所犯的错。而这对狗男女只犯了一个错，那就是：他们被捉到！我老婆也会怀疑我，就跟每个女人都会怀疑老公一样，但是我不怕，因为我没犯错，也就是说，我没有被捉到。

记者：或许我问得比较直接，但是，你真的认为这本书会有人看吗？

卡卡：我不具备张爱玲的古典文学技法，也没有蒋勋的融贯中西美学抽象，我只负责说故事，说一个好笑的故事。这个平凡的故事是一个文本，供读者对照自身与外在环境的荒谬与可笑，文本中有你我，反映出庸庸碌碌的众生相。想要笑一笑的，就翻翻这本书来看热闹，但或许有人会看到这本书的门道，也就是关于霸凌、阶级、一夫一妻制、刻板印象、性别议题的深入探讨。我很期待有这样贴心的读者出现。

记者：可不可以告诉大家，你真正的职业？

卡卡：我的职业是……爸爸！这是一个全世界最棒的工作，因为我女儿绝对不会把我裁员，叫我滚蛋！

记者：你平常喜欢做什么消遣？

卡卡：你是我看过最可爱的女记者，给我电话，私底下我慢慢再跟你聊这个问题，好吗？

中文简体字版 © 2013年由北京读品联合文化传媒有限公司授予新星出版社有限责任公司出版。

本书经厦门凌零图书策划有限公司代理，经由台北金块文化事业有限公司正式授权，同意经北京读品联合文化传媒有限公司授予新星出版社有限责任公司出版中文简体字版本。非经书面同意，不得以任何形式任意重制、转载。

著作权合同登记图字：01-2012-4076

图书在版编目（CIP）数据

爱你，是我的信仰 / 奶爸卡卡著. — 北京：新星出版社，2013.2
ISBN 978-7-5133-1074-1
Ⅰ.①爱… Ⅱ.①奶… Ⅲ.①随笔–作品集–中国–当代 Ⅳ.①I267.1
中国版本图书馆CIP数据核字(2012)第318463号

爱你，是我的信仰
奶爸卡卡　著

责任编辑：汪　欣
责任印制：韦　舰
封面设计：尚世视觉

出版发行：新星出版社
出 版 人：谢　刚
社　　址：北京市西城区车公庄大街丙3号楼　　100044
网　　址：www.newstarpress.com
电　　话：010-88310888
传　　真：010-65270449
法律顾问：北京市大成律师事务所

读者服务：010-88310800　service@newstarpress.com
邮购地址：北京市西城区车公庄大街丙3号楼　　100044

印　　刷：三河市金元印装有限公司
开　　本：890mm×1260mm　1/32
印　　张：7.5
字　　数：170千字
版　　次：2013年2月第一版　2013年2月第一次印刷
书　　号：ISBN 978-7-5133-1074-1
定　　价：28.00元

版权专有，侵权必究。如有质量问题，请与出版社联系调换。